AS MULHERES CONTAM

D. H. LAWRENCE

TRADUÇÃO, SELEÇÃO E POSFÁCIO **Patrícia Freitas**

AS MULHERES CONTAM

CARAMBAIA

6
BILHETES, POR FAVOR

39
O BATIZADO

62
ODOR DE CRISÂNTEMOS

111
VOCÊ ME TOCOU

154
FANNY E ANNIE

191
NADA DISSO

242
FESTA DO GANSO

268
POSFÁCIO
por Patrícia Freitas

BILHETES, POR FAVOR

NA REGIÃO CENTRAL DA INGLATERRA HÁ UM SIStema de bonde de linha única que deixa audaciosamente a capital do condado e salta em direção à paisagem escura e industrial, colina acima e vale abaixo, por entre as extensas e feias vilas de casas de operários, atravessa canais e ferrovias, passa por igrejas que repousam altivas e imponentes sobre fumaça e sombras, por entre rústicos mercadinhos frios e soturnos, transpondo depressa cinemas e lojas até a depressão onde ficam as minas de carvão, então sobe mais uma vez, passa por uma igrejinha rural, abaixo dos freixos, e lança-se apressadamente ao terminal, o último lugarzinho feio da indústria, a fria cidadezinha que estremece à beira do campo obscuro e selvagem mais além. Lá, o bonde verde e bege parece descansar e ronronar com curiosa satisfação. Mas dentro de poucos minutos – o relógio na torre das lojas da Sociedade Cooperativa de Vendas por Atacado dá as horas – parte mais uma vez em aventura. De novo as imprudentes precipitações colina abaixo, ricocheteando nos desvios; de novo a espera gélida no mercado no topo da colina; de novo o deslizamento ofegante ao redor da queda íngreme abaixo da igreja; de novo as pacientes paradas nos desvios, à espera do próximo bonde; e assim por diante, durante duas longas horas, até que enfim a cidade se agiganta para além dos robustos gasômetros, as estreitas fábricas se aproximam, nós estamos nas sórdidas ruas da cidade grande, mais uma vez chegamos a uma parada em nosso terminal, inferiorizados pelos grandes carros bege e violeta, mas ainda animados, extrovertidos, um tanto endiabrados, verdes como um vistoso raminho de salsa a brotar em um negro jardim de carvão.

Viajar nesses veículos é sempre uma aventura. Por estarmos em tempos de guerra, os motorneiros são homens inapropriados para o serviço militar: aleijados e corcundas. Possuem, assim, o espírito do diabo dentro de si. A viagem se torna uma corrida de obstáculos. Urra! Saltamos bem alto sobre as pontes do canal – agora para a encruzilhada. Com um apito e um rastro de faíscas, largamos de novo. Para ser sincero, um bonde frequentemente descarrilha, mas sem problema! Permanece caído numa vala até outros virem rebocá-lo. É bem comum um veículo abarrotado com uma massa sólida de gente viva chegar a uma parada erma em meio ao completo negrume, no coração de lugar nenhum numa noite escura, e o motorneiro e a cobradora gritarem: "Todos para fora! – o carro está pegando fogo!". No entanto, em vez de correrem apavorados, os passageiros respondem impassivelmente: "Vamos, vamos! Daqui a gente não sai. Ficaremos aqui mesmo. Anda logo, George". E é assim até que as chamas apareçam de verdade.

A razão dessa relutância em descer é o fato de que as noites são dolorosamente frias, escuras e ventosas, e um carro é um porto seguro. De vila em vila os mineradores viajam, para mudar de cinema, de mulher, de bar. Os bondes são desesperadamente lotados. Quem se arriscaria no negro abismo lá fora para esperar talvez uma hora por outro veículo e então notar o desalentador aviso de "Recolher", porque algo está errado? Ou acenar para uma frota de três veículos radiantes, todos tão abarrotados de gente que passam emitindo um uivo de zombaria? Bondes que passam à noite.

Este, o mais perigoso serviço de bonde da Inglaterra, como as próprias autoridades o confessam, com orgulho, é totalmente regido por garotas e conduzido por rapazes impetuosos, um tanto aleijados, ou por jovens delicados que o arrastam adiante com temor. As garotas são jovens imprudentes e atrevidas. Em seus feios uniformes azuis, saias até os joelhos, bonés velhos e amorfos na cabeça, elas carregam em si todo o *sang-froid** de um velho sargento. Em um bonde abarrotado de mineradores barulhentos, rugindo hinos no andar inferior e

---

* Sangue-frio. Em francês no original.
 [TODAS AS NOTAS SÃO DESTA EDIÇÃO.]

uma espécie de antifonia de obscenidades no superior, as moças se sentem perfeitamente à vontade. Lançam-se sobre os jovens que tentam escapar da máquina de bilhetes. Empurram os homens assim que eles chegam a seus destinos. Não serão enganadas – elas, não. Não temem a ninguém – e todos as temem.

– Olá, Annie!

– Olá, Ted!

– Oh, cuidado com o meu calo, srta. Stone. Creio que você deve ter um coração de pedra, pois pisou nele de novo.

– Deveria guardá-lo no bolso – respondeu a srta. Stone, seguindo firme em direção ao andar superior com suas botas de cano alto.

– Bilhetes, por favor.

É peremptória, desconfiada e preparada para dar o primeiro golpe. Pode dar conta de 10 mil. O degrau daquele vagão são suas Termópilas.

Há, portanto, certo romance selvagem a bordo desses veículos – e na rigidez do próprio íntimo de Annie. O período destinado a um leve romance é pela manhã, entre dez e uma, quando as coisas estão um tanto sossegadas – isto é, exceto nos dias de mercado e aos sábados. Assim, Annie tem tempo de olhar à sua volta. Então com frequência salta de seu veículo e entra em uma loja onde já tinha espiado alguma coisa, enquanto o motorneiro conversa na via principal. Há um sentimento muito bom entre as garotas e os motorneiros. Não são eles companheiros de perigo, cargas a bordo desta veloz embarcação chamada bonde, para sempre balançando sobre as ondas de uma terra tempestuosa?

Então, também durante as horas tranquilas, os inspetores estão em maior evidência. Por alguma razão, todos os empregados deste serviço de bonde são jovens: não há nenhuma cabeça grisalha. Não serviria. Os inspetores, portanto, têm a idade certa, e o chefe deles, além disso, possui uma boa aparência. Vejam-no em uma manhã sombria e chuvosa, com seu comprido casaco impermeável, seu boné pontiagudo caído nos olhos, esperando para embarcar em um veículo. Tem o rosto avermelhado, seu pequeno bigode castanho é desbotado, e o sorriso, quase impudente. Razoavelmente alto e ágil, mesmo em seu impermeável, ele pula em um veículo e cumprimenta Annie.

– Olá, Annie! Escapando da chuva?
– Tentando.

Há somente duas pessoas no veículo. A inspeção logo estará concluída. Então se inicia uma longa e impudente conversa na plataforma, uma boa e tranquila conversa de 19 quilômetros.

O nome do inspetor é John Thomas Raynor – sempre referido como John Thomas, exceto por algumas vezes em que é chamado, com malícia, de Coddy. Seu rosto transborda de fúria ao ser tratado à distância por esse apelido[*]. Há um número considerável de escândalos sobre John Thomas em meia dúzia de vilas. Ele corteja as cobradoras pela manhã e as acompanha na noite escura, quando deixam o veículo na garagem. É

---

[*] Coddy se refere ao diminutivo de *cod*, bacalhau-do-atlântico.

claro que largam o emprego com frequência. Então ele corteja e acompanha a novata em uma caminhada, contanto que seja suficientemente atraente e consinta com o passeio. Nota-se, no entanto, que a maioria das garotas é bastante agradável, todas são jovens, e essa vida itinerante a bordo dos veículos lhes confere a impetuosidade e a imprudência de um marinheiro. Que importa como agem quando o navio está atracado? Amanhã estarão mais uma vez a bordo.

Annie, porém, era quase uma tártara, e sua língua afiada mantivera John a certa distância por vários meses. Talvez por isso gostasse cada vez mais dele: porque ele sempre surgia sorrindo de forma impudente. Ela o via conquistar uma garota e depois outra. Pelo movimento de seus olhos e sua boca ao cortejá-la de manhã, Annie podia dizer se ele havia saído com esta ou aquela moça na noite anterior. Era um belo de um pavão. Ela conseguia defini-lo muito bem.

Nesse sutil antagonismo eles se conheciam como velhos amigos, eram quase tão perspicazes um com o outro quanto marido e mulher. Mas Annie sempre o mantivera a uma distância segura. Além do mais, ela já tinha namorado.

A Festa dos Estatutos*, no entanto, ocorreu em novembro, em Bestwood. Calhou de Annie ter folga segunda-feira à noite. Era uma feia noite garoenta, mas ela se arrumou e foi ao parque de diversões. Estava sozinha, mas esperava logo encontrar um amigo qualquer.

Os carrosséis rodopiavam e rangiam suas músicas, as barracas causavam o máximo de comoção possível. No jogo de acertar os cocos, não havia coco algum, mas substitutos artificiais deles do período de guerra, que, segundo os rapazes, estavam presos aos ferros. Havia uma decadência de luxo e esplendor. Ainda assim, o chão estava enlameado como sempre, havia o

---

* Feira anual realizada em cidades do interior da Inglaterra para a contratação de trabalhadores do campo.

mesmo aperto, a aglomeração de rostos iluminados pelas chamas e luzes elétricas, o mesmo cheiro de nafta, de batatas e de eletricidade.

Quem deveria ser o primeiro a cumprimentar a srta. Annie no parque senão John Thomas? Ele usava um sobretudo preto abotoado até o queixo e um gorro de lã puxado até as sobrancelhas, seu rosto estava avermelhado, sorridente e solícito como sempre. Ela conhecia muito bem o jeito como a boca de John Thomas se movia.

Ficou muito feliz por ter um "garoto". Estar na festa sem um companheiro não era divertido. Imediatamente, como o sedutor que era, ele a levou ao vaivém dos dragões giratórios de dentes abomináveis. Na verdade, não era nem de perto tão excitante quanto um bonde. Mas estar montada em um agitado dragão verde erguido acima do mar de rostos borbulhantes, lançando-se precariamente aos mais baixos céus, enquanto John Thomas inclinava-se sobre ela com o cigarro na boca, parecia correto no fim das contas. Ela era uma criaturinha rechonchuda, ágil e desperta. Então estava bastante feliz e entusiasmada.

John Thomas a fez ficar para a rodada seguinte. E, portanto, ela mal conseguiu afastá-lo por vergonha quando ele passou os braços em sua volta e a puxou mais para perto de si, de maneira muito afetuosa e aconchegante. Além do mais, ele foi consideravelmente discreto, mantendo seu movimento o mais encoberto possível. Ela olhou para baixo e viu que aquela mão vermelha e asseada estava fora do campo de visão da multidão. E eles se conheciam tão bem. Assim se entusiasmaram com a festa.

Depois dos dragões, foram aos cavalos. John Thomas pagou todas as entradas, de modo que Annie não pôde ser senão complacente. Ele, é claro, sentou de pernas abertas no cavalo externo – chamado Floresta Negra – e ela montou de lado, de frente para ele, o cavalo interno – chamado Fogo Selvagem. Mas é claro que John Thomas não montaria o Floresta Negra discretamente, segurando a barra de bronze. Eles giraram e elevaram-se ofegantes, na luz. E ele girou pendurado em seu corcel de madeira, jogando uma perna sobre a montaria de Annie, movendo-se perigosamente para cima e para baixo, através do vão, metade recostado, rindo dela. Ele estava perfeitamente contente; ela receava que seu chapéu estivesse torto, mas estava empolgada.

Ele arremessou argolas em uma mesa e ganhou dois grandes alfinetes de chapéu azul-claros para ela. E assim que ouviram o som dos cinemas anunciando a próxima atração, subiram a escada e entraram.

É óbvio que, durante tais atrações, uma extrema escuridão se abate de tempos em tempos, quando a máquina pifa. Há, então, uma tremenda gritaria e um alto estalar de beijos forjados. Nesses momentos, John Thomas puxava Annie para perto de si. No fim das contas, ele tinha um jeito muito caloroso e aconchegante de abraçar uma garota e parecia fazer com que se ajustassem perfeitamente. E, no fim das contas, era prazeroso ser abraçada daquela forma: tão confortável, aconchegante e agradável. Ele se inclinava sobre ela e ela sentia sua respiração sobre os cabelos; sabia que ele queria beijá-la nos lábios. E, no fim das contas, ele era tão caloroso e ela se encaixava nele tão suavemente. No fim das contas, desejava que ele tocasse seus lábios.

Mas a luz se irradiou; Annie também irrompeu eletrizada e endireitou seu chapéu. Ele manteve o braço caído de maneira indolente por detrás dela. Bem, foi divertido, foi emocionante estar nos Estatutos com John Thomas.

Quando o filme terminou, foram caminhar pelos campos úmidos e escuros. Ele dominava todas as artimanhas do amor. Era especialmente bom em abraçar uma garota quando se sentava junto a ela numa escada na escuridão orvalhada e negra. Parecia estar abraçando-a no espaço, pressionando-a contra seu próprio calor e satisfação. E seus beijos eram suaves, vagarosos e tateantes.

Assim, Annie passeava com John Thomas, embora mantivesse o "seu garoto" suspenso a certa distância. Algumas das funcionárias do bonde optaram por desaprovar. Mas, nesta vida, você deve aceitar as coisas do jeito que são.

Não havia dúvida alguma a esse respeito, Annie gostava bastante de John Thomas. Sentia-se, no fundo, valiosa e protegida sempre que ele estava por perto. E John Thomas realmente gostava de Annie, mais do que de costume. A maneira suave e efusiva com a qual ela podia se dissolver em um rapaz, como se se fundisse em seus ossos, era algo raro e bom. Isso ele reconhecia completamente.

Mas com o desenvolvimento da relação veio o desenvolvimento da intimidade. Annie queria considerá-lo uma pessoa, um homem: queria nutrir um interesse racional por ele e receber uma reação racional. Não queria uma mera presença noturna, coisa que ele até então havia sido. E orgulhava-se de si mesma por ele não poder abandoná-la.

Nesse ponto ela cometeu um erro. John Thomas tinha a intenção de continuar sendo uma presença noturna; não tinha nenhum plano de tornar-se um indivíduo completo para ela. Quando ela começou a nutrir um interesse racional por ele, sua vida e seu caráter, ele se distanciou. Odiava interesse racional. E sabia que a única maneira de impedi-lo seria evitá-lo. A mulher possessiva fora despertada em Annie. Então ele a deixou.

Não é necessário dizer que isso a surpreendeu. A princípio, ficou espantada, fora de si. Isso porque estava muito segura de prendê-lo. Por um momento ficou desconcertada, e tudo se tornou incerto. Depois chorou de fúria, indignação, desolação e tristeza. Depois se contorceu de desespero. E depois, quando ele chegou ao veículo dela, ainda de maneira impudente, ainda familiar, mas deixando-a perceber pelo movimento de sua cabeça que por ora ele havia ido atrás de outra pessoa e estava se divertindo em novas pastagens, ela decidiu se vingar.

Ela tinha uma boa noção das garotas com quem John Thomas havia saído. Foi até Nora Purdy. Nora era uma garota alta, um tanto pálida, mas bem robusta, com belos cabelos loiros. Era bastante reservada.

– Ei! – disse Annie, abordando-a; depois, em um suave tom de voz: – Com quem John Thomas está agora?

– Não sei – disse Nora.

– Ué, você sabe – exclamou Annie, ironicamente falando em dialeto. – Você sabe tão bem quanto eu.

– Está bem, eu sei – disse Nora. – Não é comigo, então não se preocupe.

– É com Cissy Meakin, não é?

– É, isso é tudo que eu sei.

– Ele não é mesmo um duas-caras? – perguntou Annie. – Adoro a cara de pau dele. Poderia empurrá-lo da porta do bonde quando ele fica me cercando.

– Ele vai ser derrubado um dia desses – disse Nora.

– Ai, se vai, quando alguém decidir ir pra cima dele. Eu queria ver ele cair do cavalo, você não?

– Eu não ia ligar – disse Nora.

– Você tem tantos motivos quanto eu – disse Annie. – Mas um dia a gente vai pra cima dele, minha amiga. Que foi? Não quer?

– Eu não ligo – disse Nora.

Mas, na verdade, Nora era muito mais vingativa que Annie.

Uma a uma, Annie rondou as antigas paixões. Acontece que Cissy Meakin largou seu posto no bonde em muito pouco tempo. Sua mãe a fez sair. Então John Thomas estava alerta. Lançou os olhos para o antigo rebanho. E seus olhos reluziram sobre Annie. Pensou que ela estaria bem agora. Além do mais, gostava dela.

Ela combinou de caminharem para casa no domingo à noite. Acontece que seu veículo estaria na garagem às nove e meia; o último chegaria às dez e quinze. Ali, portanto, John Thomas deveria esperá-la.

Na garagem, as garotas tinham sua salinha de espera. Era bastante rústica, mas aconchegante, com uma lareira, um fogão, um espelho e mesa e cadeiras de madeira. A meia dúzia de garotas que conheciam muito bem John Thomas combinou de trabalhar naquela tarde de domingo. Assim, à medida que os veículos começaram a entrar, elas se dirigiram à sala de espera. E, em vez de correrem para casa, sentaram-se em volta da lareira e tomaram uma xícara de chá. Lá fora, havia a escuridão e a desordem dos tempos de guerra.

John Thomas chegou no veículo posterior ao de Annie, cerca de quinze para as dez. Enfiou a cabeça tranquilamente na sala de espera das garotas.

– Culto religioso? – perguntou.

– Sim – disse Laura Sharp. – Só para damas.

– Eu, hein! – disse John Thomas. Era uma de suas exclamações favoritas.

– Feche a porta, garoto – disse Muriel Baggaley.

– Ah, de que lado? – disse John Thomas.

– Do que você quiser – disse Polly Birkin.

Ele entrou e fechou a porta atrás de si. As garotas se deslocaram de sua rodinha para ceder-lhe o lugar perto da lareira. Ele tirou o sobretudo e empurrou o boné para trás.

– Quem me passa o bule? – perguntou.

Nora Purdy serviu-lhe silenciosamente uma xícara de chá.

– Quer um pouco do meu pão com banha? – perguntou-lhe Muriel Baggaley.

– Sim, dá um pouco pra gente.

E ele começou a comer seu pedaço de pão.

– Não há lugar como o lar, garotas – disse.

Todas olharam para ele quando pronunciou tamanha impudência. Parecia estar tomando sol na presença de tantas donzelas.

– Especialmente se você não tem medo de voltar para casa no escuro – disse Laura Sharp.

– Eu! Juro por mim mesmo que tenho.

Continuaram acomodados até ouvir o último bonde chegar. Em poucos minutos, Emma Houselay entrou.

– Venha, minha gatinha! – exclamou Polly Birkin.

– Está de matar – disse Emma, mantendo os dedos junto à lareira.

– Mas... tenho medo... de ir... para casa... no escuro – cantou Laura Sharp, contagiada pelo ritmo do bonde.

– Com quem você vai sair esta noite, John Thomas? – perguntou Muriel Baggaley com frieza.

– Esta noite? – perguntou John Thomas. – Ah, vou para casa sozinho esta noite, completamente solitário.

– Eu, hein! – disse Nora Purdy, soltando a mesma exclamação de John Thomas.

As garotas riram estridentemente.

– Eu também, Nora – disse John Thomas.

– Não sei o que quer dizer – disse Laura.

– Sim, vou caminhando – disse ele, levantando e procurando o sobretudo.

– Não – disse Polly. – Estamos todas aqui esperando você.

– Temos que estar de pé bem cedo amanhã – disse ele, com o jeito benevolente de um oficial.

Todas riram.

– Não – disse Muriel. – Não nos deixe sozinhas, John Thomas. Leve uma!

– Eu levarei o grupo, se quiserem – respondeu, galante.

– Isso você também não vai fazer – disse Muriel. – Dois é bom, sete é demais.

– Não, leve uma – disse Laura. – Direto e reto, na frente de todas, diga quem será.

– Sim – exclamou Annie, falando pela primeira vez. – Escolha, John Thomas; estamos ouvindo.

– Não – disse ele. – Hoje vou tranquilo para casa, estou me sentindo bem.

– Para onde? – disse Annie. – Leva uma boazinha, então. Mas vai ter que levar uma de nós!

– Não, como posso levar uma? – disse ele, com um riso apreensivo. – Não quero fazer inimigos.

– Você só faria um – disse Annie.

– A escolhida – acrescentou Laura.

– Ah, minha nossa! Quem disse, garotas?! – exclamou John Thomas, virando-se mais uma vez, como se tentasse escapar. – Bem, boa noite!

– Não, você tem que fazer sua escolha – disse Muriel. – Vire-se para a parede e diga quem está te tocando. Vamos, tocaremos somente suas costas, uma de nós. Vamos, vire-se para a parede sem olhar e diga quem está te tocando.

Ele estava apreensivo, desconfiado das garotas. Mesmo assim, não tinha coragem de fugir. Elas o empurraram e o mantiveram com o rosto voltado para a parede. Pelas costas, todas fizeram caretas, prendendo o riso. Ele parecia tão cômico. Olhou ao redor, apreensivo.

– Vão em frente! – exclamou.

– Você está olhando, você está olhando! – gritaram.

Voltou o rosto. E, de repente, com o movimento de um gato ágil, Annie avançou e o atingiu com um soco ao lado da cabeça, fazendo seu boné voar e deixando-o cambaleante. Ele se virou.

Mas, ao sinal de Annie, todas voaram até ele, estapeando-o, beliscando-o, puxando-lhe os cabelos, embora mais por graça que por desprezo ou raiva. Ele, contudo, estava tomado pela ira. Seus olhos azuis fulguravam em um medo peculiar e também em fúria, e ele tentou forçar a passagem pelas garotas até a porta. Estava trancada. Empurrou. Despertas e vigilantes, elas formaram um círculo e o observaram. Ele as encarou, vencido. Naquele momento elas lhe pareceram bastante arrepiantes, ali paradas em seus uniformes curtos. Ele estava visivelmente amedrontado.

– Vamos, John Thomas! Vamos! Escolha! – disse Annie.

– O que vocês querem? Abram a porta – disse ele.

– Não, não até que você escolha! – disse Muriel.

– Escolha o quê? – disse ele.

– Escolha aquela com quem vai se casar – respondeu ela.

Ele hesitou por um momento.

– Abram a maldita porta – disse – e voltem aos seus juízos. – Falava com a autoridade de um oficial.

– Você tem que escolher! – exclamaram as garotas.

– Vamos! – exclamou Annie, olhando em seus olhos. – Vamos! Vamos!

Ele avançou, bastante confuso. Ela tirara o próprio cinto e, agitando-o, desferiu um forte golpe com a ponta da fivela acima da cabeça de John Thomas. Ele saltou e a agarrou. Mas imediatamente as outras garotas lançaram-se sobre ele, puxaram-no, rasgaram-lhe as roupas e o espancaram. O sangue agora lhes tinha subido completamente à cabeça. John Thomas agora era uma diversão para elas. Teriam a própria vingança por meio dele. Criaturas estranhas e selvagens, penduravam-se nele e corriam até ele para derrubá-lo. O uniforme de inspetor estava rasgado bem no alto das costas, Nora o puxara por trás do colarinho e estava de fato estrangulando-o. Por sorte o botão caiu. Ele lutou em um acesso selvagem de fúria e terror, terror quase insano. Seu uniforme havia sido simplesmente arrancado pelas costas, as mangas foram rasgadas, seus braços estavam nus. As garotas corriam até ele, cravavam-lhe as unhas e o arrastavam – ou corriam, empurravam e espancavam-no com o máximo de força – ou desferiam-lhe golpes selvagens. Ele se abaixou, encolheu e se debateu. Elas aumentaram a intensidade.

Por fim, estava ao chão. Elas correram até ele e se ajoelharam. Ele não tinha nem fôlego nem forças para se mover. Seu rosto tinha um grande arranhão e sangrava, sua testa estava ferida.

Annie se ajoelhou sobre ele, as outras garotas se ajoelharam e o seguraram. Tinham os rostos corados, os cabelos despenteados, um brilho sinistro nos olhos. Por fim, ele repousou bem quieto, com a face desviada, como um animal vencido quando se encontra à mercê do capturador. Às vezes seu olhar se voltava para os rostos selvagens das garotas. O peito arfava pesadamente, os pulsos estavam arranhados.

– É agora, meu amigo! – sussurrou Annie demoradamente. – É agora... agora...

Ao som daquele aterrador e frio triunfo, ele subitamente começou a lutar, tal como um animal faria, mas as garotas se jogaram por cima dele com força e poder descomunais, forçando seu corpo para baixo.

– Sim, é agora! – sussurrou Annie demoradamente.

E fez-se um silêncio mortal, no qual a pulsação dos batimentos cardíacos podia ser ouvida. Era um suspense de puro silêncio em todas as almas.

– Agora você sabe onde está – disse Annie.

A visão do braço branco e nu de John Thomas enfureceu as garotas. Ele se prostrou como em um transe de medo e antagonismo. Elas sentiam possuir uma força sobrenatural.

De repente, Polly começou a rir – a gargalhar loucamente – sem controle – e Emma e

Muriel juntaram-se a ela. Mas Annie, Nora e Laura permaneceram da mesma forma, tensas, alertas, com olhos brilhantes. Ele fugia desses olhos.

– Sim – disse Annie, em um curioso tom de voz, suave, secreto e mortal. – Sim! Você entendeu agora. Você sabe o que fez, não sabe? Você sabe o que fez.

Ele não emitiu som nem fez sinal algum, além de permanecer ali com os olhos brilhantes, desviados, e o rosto sangrando, desviado.

– Você devia ser *morto*, isso sim – disse Annie, tensa. – Você devia ser *morto*. – E havia um desejo aterrador em sua voz.

Polly estava parando de rir e soltava longos "ah-h-hs" e suspiros à medida que se controlava.

– Ele tem que escolher – disse vagamente.

– Ah, sim, tem – disse Laura, decidida a vingar-se.

– Está ouvindo? Está ouvindo? – exclamou Annie. E, com um movimento brusco, que o fez estremecer, virou o rosto dele para ela.

– Está ouvindo? – repetiu, sacudindo-o.

Mas ele estava bem mudo. Ela lhe desferiu um forte tapa no rosto. Ele despertou e arregalou os olhos. Então seu rosto foi tomado pela rebeldia, no fim das contas.

– Está ouvindo? – repetiu ela.

Ele só olhava para ela com olhos hostis.

– Diga! – disse ela, aproximando diabolicamente seu rosto do dele.

– O quê? – disse ele, quase vencido.

– Você tem que escolher! – exclamou ela, como se fosse uma terrível ameaça, como se lhe doesse não poder exigir mais.

– O quê? – disse ele, atemorizado.

– Escolha sua garota, Coddy. Você tem que escolher agora. E terá seu pescoço quebrado se tentar mais um de seus truques, meu garoto. Você está liquidado agora.

Houve uma pausa. De novo ele desviou o rosto. Era ardiloso em sua derrota. Não se entregou a elas, de fato – não, e não importava que o partissem em pedaços.

– Tudo bem, então – disse. – Escolho Annie. – Sua voz era estranha e cheia de malícia. Annie o soltou como se fosse carvão em brasa.

– Ele escolheu Annie! – as garotas disseram em coro.

– Eu! – exclamou Annie. Ainda estava ajoelhada, mas distante dele. Ele continuava deitado, prostrado, desviando o rosto. As garotas se reuniram inquietas ao redor.

– Eu! – repetiu Annie, num tom terrivelmente amargo.

Então ela se levantou, saindo de perto dele com estranho desgosto e amargura.

– Eu não tocaria nele – disse.

Mas seu rosto estremeceu em certa agonia, parecia que ela ia cair. As outras garotas se afastaram. Ele permaneceu estendido no chão, com as roupas rasgadas, desviando o rosto coberto de sangue.

– Ah, se ele escolheu – disse Polly.

– Eu não o quero. Pode escolher de novo – disse Annie, com a mesma desilusão amarga.

– Levante-se – disse Polly, erguendo-o pelo ombro. – Levante-se.

Ele se levantou devagar, uma criatura estranha, esfarrapada e atordoada. As garotas o observaram à distância, curiosa, furtiva, perigosamente.

– Quem o quer? – exclamou Laura de maneira rude.

– Ninguém – responderam com desdém. Ainda assim, cada uma delas esperava que ele olhasse para si, ansiava que ele olhasse para si. Todas exceto Annie, e algo havia se quebrado dentro dela.

Ele, contudo, manteve o rosto fechado e desviado de todas. Houve um silêncio final. Ele recolheu os pedaços rasgados de seu uniforme, sem saber o que fazer com eles. As garotas se mantiveram ao redor, inquietas, coradas, ofegantes, inconscientemente arrumando os cabelos e os vestidos e vigiando-o. Ele não olhou para nenhuma delas. Avistou seu boné no canto e foi pegá-lo. Enfiou-o na cabeça, e uma delas rompeu numa gargalhada estridente e histérica ao vê-lo daquele jeito. Ele, no entanto, não se importou e foi direto ao gancho onde estava pendurado o sobretudo. As garotas se dispersaram e evitaram contato, como se ele fosse um fio elétrico. Ele pôs o casaco e o abotoou até em cima. Depois enrolou os trapos do uniforme em uma trouxa e postou-se diante da porta trancada, mudo.

– Alguém abra a porta – disse Laura.

– Annie tem a chave – disse uma delas.

Annie, em silêncio, ofereceu a chave às garotas. Nora destrancou a porta.

– Estamos quites, meu velho – disse Annie. – Seja homem e não guarde nenhum rancor.

Mas, sem palavra ou sinal algum, ele abrira a porta e partira, o rosto fechado, a cabeça baixa.

– Isso vai ensiná-lo – disse Laura.

– Coddy! – disse Nora.

– Calem a boca, pelo amor de Deus! – exclamou Annie ferozmente, como se estivesse sob tortura.

– Bom, estou pronta para ir, Polly. Pronta! – disse Muriel.

Todas as garotas estavam ansiosas para sair. Arrumavam-se apressadamente, com rostos pasmos, mudos.

O BATIZADO

A MESTRA DA ESCOLA BRITÂNICA PASSOU PELO portão da escola e, em vez de virar à esquerda, como de costume, virou à direita. Duas mulheres que iam correndo para casa preparar o jantar de seus maridos juntas – eram cinco para as quatro – pararam para olhá-la. Encararam a mestra por um momento; então entreolharam-se de relance, com uma ligeira careta feminina.

De fato, a figura que se retirava era ridícula: pequena e magra, com um chapéu de palha preto e um vestido de casimira velho, todo drapeado ao redor da saia. Para uma criatura tão pequena, frágil e envelhecida, deslizar a passo lento e deliberado também era absurdo. Hilda Rowbotham tinha menos de 30, portanto não eram os anos que regulavam o seu ritmo: ela sofria do coração. Mantendo o rosto, pequeno pela enfermidade, mas não feio, erguido com firmeza e apontando em frente, a jovem partia, passando pelo mercado como um cisne negro de plumagem fúnebre e desonrada.

Entrou na padaria Berryman. A loja exibia pães e bolos, sacos de farinha e aveia, peças de bacon, presuntos, banha e linguiças. A combinação de aromas não era desagradável. Hilda Rowbotham permaneceu alguns minutos empurrando e batendo de leve em uma faca grande sobre o balcão, olhando para as balanças de bronze altas e brilhantes. Por fim, um homem rabugento com suíças cor de areia desceu o degrau do domicílio.

– Que é? – perguntou, sem se desculpar pela demora.

– Você pode me dar 6 *pennies* de bolos sortidos e doces e acrescentar alguns *macaroons*, por favor? – pediu, em uma fala nitidamente rápida e nervosa. Seus lábios tremulavam como duas folhas ao vento, e suas palavras se espremiam e se apressavam como um rebanho de ovelhas em um portão.

– Não temos *macaroons* – o homem respondeu, indelicado.

É óbvio que ele tinha dado ênfase àquela palavra. Ficou esperando.

– Então não posso levar nenhum, sr. Berryman. Agora eu realmente me sinto desapontada. Gosto daqueles *macaroons*, você sabe, e não é com frequência que eu me agrado. A gente fica tão cansada de tentar mimar a si mesma, não acha? É até menos proveitoso do que mimar outra pessoa. – Ela riu uma risadinha rápida e nervosa, levando a mão ao rosto.

– Então o que vai querer? – perguntou o homem, sem a sombra de um sorriso prestativo. É óbvio que não compreendera, então parecia mais mal-humorado do que nunca.

– Ah, qualquer coisa que tiver – replicou a professora, ruborizando-se de leve. O homem se moveu lentamente, despejando um por um os bolos de vários pratos em um saco de papel.

– Como vai aquela sua irmã? – perguntou, como se estivesse falando com o medidor de farinha.

– A quem você se refere? – retrucou a professora.

– À mais nova – respondeu o homem pálido ao curvar-se, com uma pitada de sarcasmo.

– Emma! Ah, está muito bem, obrigada! – A professora estava bastante enrubescida, mas falou com um afiado e irônico enfrentamento. O homem resmungou. Então lhe entregou o saco e a observou sair da loja sem lhe desejar boa-tarde.

Ela tinha toda a largura da rua principal para atravessar, meia milha a torturantes passos lentos, e a vergonha subindo pelo pescoço. Mas carregava seu saco branco aparentando uma inabalável despreocupação. Quando se virou para o campo, pareceu esmorecer um pouco. O amplo vale se abria diante dela, com os bosques remotos retrocedendo no crepúsculo e, lá no centro, a grande mina fumegando sua fumaça branca e ronronando enquanto os homens eram içados. Uma lua cheia cor-de-rosa, como um flamingo voando rasteiro sob o leste distante e sombrio, afastava-se da névoa. Era bonito e fez a irritante tristeza dela ficar mais suave, dispersando-se.

Atravessou o campo, e estava em casa. Era uma choupana nova, grande, construída a generosas mãos, uma residência tal como a que um velho minerador poderia construir para si com as próprias economias. Na cozinha muito pequena, havia uma mulher de aspecto obscuro e bravo sentada, acalentando um bebê que, por sua vez, trajava um vestido longo e branco; uma jovem de aspecto rústico e bruto estava à mesa, cortando pão e manteiga. Tinha um porte abatido e modesto que lhe assentava mal, e era estranhamente irritante. Ela não voltou o olhar quando a irmã entrou. Hilda pousou o saco de bolos e saiu da sala sem falar com Emma, o bebê ou a sra. Carlin, que tinha ido ajudar naquela tarde.

Quase que de imediato, o pai entrou, saindo do jardim com uma pá cheia de carvão. Era um homem grande, mas estava em frangalhos.

Ao passar, segurou a porta com a mão livre para se sustentar, mas, ao virar, avançou e cambaleou. Começou a colocar o carvão no fogo, pedaço por pedaço. Um pedaço caiu de suas mãos e se estilhaçou sobre o forno branco. Emma Rowbotham olhou ao redor e irrompeu em uma voz raivosa, alta e áspera:

– Olhe só para você! – Então moderou conscientemente seu tom. – Vou varrer isso em um minuto, não se preocupe; você só vai cair de cabeça no fogo.

O pai se abaixou mesmo assim para limpar a bagunça que fizera, e disse, babando ao discursar e articulando as palavras de forma incoerente:

– Essa coisinha de nada escorregou pelos meus dedos como um peixe.

Enquanto falava, caía em direção ao fogo. A mulher de sobrancelhas escuras gritou: ele apoiu a própria mão no forno quente para se salvar. Emma deu a volta e o arrastou para fora.

– Não lhe disse? – gritou, ríspida. – Aí está, você se queimou?

Segurava firme o velho e o empurrava para a cadeira.

– Qual o problema? – gritou uma voz incisiva do outro cômodo. A dona da voz apareceu, uma mulher forte, bem-apessoada, de 28 anos. – Emma, não fale assim com o papai. – Então, em um tom não muito frio, mas tão incisivo quanto: – Agora, pai, o que você andou fazendo?

Emma se retirou para a mesa, taciturna.

– Não foi nada – disse o velho, protestando em vão. – Não foi nada mesmo. Continue o que você estava fazendo.

– Acho que ele queimou a mão – disse a mulher de sobrancelha preta, falando dele com uma espécie de piedade intensa, como se fosse uma criança trabalhosa. Bertha pegou a mão do velho e olhou para ela, fazendo um ligeiro som de "tsc-tsc" de impaciência.

– Emma, pegue aquela pomada de zinco e um trapo branco – ordenou incisivamente. A irmã mais nova pousou o pão com a faca dentro e foi. Para um observador sensível, essa obediência era mais intolerável do que a mais odiosa discórdia. A morena inclinou-se sobre o bebê e fez movimentos maternais silenciosos e delicados. O pequeno sorriu e se moveu no colo dela. Continuou a se mover, retorcendo-se.

– Acho que essa criança está com fome – ela disse. – Há quanto tempo ela comeu?

– Bem antes do jantar – disse Emma, aborrecida.

– Deus poderoso! – exclamou Bertha. – Não precisa matar a criança de fome, agora que você tem uma. A cada duas horas ela tem que ser alimentada, como eu lhe disse; e agora são três. Leve-a, pobre bichinho... eu corto o pão. – Bertha se curvou e olhou para o gracioso bebê. Não pôde se segurar: sorriu, apertou a bochecha dele com os dedos e balançou a cabeça, fazendo barulhinhos. Então deu a volta e pegou o pão de sua irmã. A mulher se levantou e entregou a criança para a mãe. Emma se inclinou sobre o bichinho sugador. Odiava-o quando olhava para ele e o via como um símbolo; mas, quando o pegava, seu amor era como fogo em seu sangue.

– Acho que ele não vai poder vir – disse o pai, inquieto, levantando os olhos para o relógio.

– Bobagem, pai; o relógio está adiantado! São só quatro e meia! Não se apoquente! – Bertha continuava a cortar o pão e a manteiga.

– Abra uma lata de peras – ela disse para a mulher, em um tom bem mais calmo. Então passou para o outro cômodo. Assim que foi embora, o velho disse de novo: – Achei que ele já fosse estar aqui agora, se ele for vir mesmo.

Emma, absorta, não respondeu. O pai parara de prestar-lhe atenção, desde que fora humilhada.

– Ele vai vir. Ele vai vir! – assegurou a desconhecida.

Alguns minutos depois, Bertha correu até a cozinha, tirando o avental. O cachorro latiu furiosamente. Ela abriu a porta, ordenou silêncio ao cachorro e disse: – Ele vai ficar quieto agora, sr. Kendal.

– Obrigado – disse uma voz sonora, e ouviu-se o barulho de uma bicicleta sendo apoiada contra uma parede. Um clérigo entrou, um homem de ossos grandes, magro e feio, de temperamento agitado. Foi direto ao pai.

– Ah, como está? – perguntou melodicamente, espreitando de cima a baixo o grande porte do minerador, arruinado pela ataxia locomotora.

Sua voz era cheia de delicadeza, mas parecia não poder ver com nitidez, não perceber as coisas com clareza.

– Machucou a mão? – disse, consoladoramente, vendo o trapo branco.

– Nao foi nada, só um importuno de um pedaço de carvão que caiu e eu botei minha mão no meio. Pensei que *cê* não viesse.

O "cê" familiar e a censura eram retaliações inconscientes da parte do velho. O pastor sorriu, meio melancólico, meio indulgente. Estava repleto de vaga ternura. Então se virou para a jovem mãe, ruborizada e taciturna, porque seu peito desonrado estava à mostra.

– Como *você* está? – perguntou, muito calmo e delicado, como se ela estivesse doente e ele, preocupado.

– Estou bem – replicou, tomando a mão dele de forma desajeitada, sem se levantar, escondendo o rosto e a raiva que a consumia.

– Sim, sim – ele espreitou o bebê, que sugava com a boca aberta no peito firme. – Sim, sim. – Parecia perdido em uma nebulosa reflexão.

Recobrando-se, deu um aperto de mão na mulher sem se olharem.

Dentro em pouco, todos foram para o outro cômodo, o pastor hesitando em ajudar seu velho e aleijado diácono.

– Posso ir sozinho, obrigado – respondeu o pai, impaciente.

Logo estavam todos sentados. Divergiam nos sentimentos e se isolavam à mesa. O chá da tarde foi servido na copa, um cômodo grande e feio reservado para ocasiões especiais.

Hilda apareceu por último e o clérigo desajeitado e desengonçado levantou-se para cumprimentá-la. Ele estava com receio dessa família, o velho minerador bem de vida e os filhos brutais e obstinados. Mas Hilda era uma rainha entre eles. Era a mais esperta e fora à universidade. Sentia-se responsável por manter um alto padrão de conduta em todos os membros da família. Pois *havia* uma diferença entre os Rowbotham e o povo comum das minas. A choupana Woodbine era uma residência superior à maioria – e fora construída com orgulho pelo velho. Ela, Hilda, era uma professora com qualificação universitária; pretendia conservar o prestígio da sua residência a despeito dos abalos.

Havia posto um vestido de voal verde para essa ocasião especial. Mas era muito magra; seu pescoço se projetava dolorosamente. No entanto, o clérigo a saudou quase com reverência e ela se sentou diante da bandeja com algum pressuposto de dignidade. Na cabeceira da mesa estava a forma pesada, fragmentada de seu pai. Ao lado dele, a filha mais nova, amamentando o menino inquieto. O pastor sentou-se entre Hilda e Bertha, arrastando desconfortavelmente seu corpo ossudo.

Na mesa, havia uma grande variedade de frutas e salmão enlatados, presunto e bolos. A srta. Rowbotham foi cuidadosa em tudo: sentiu a importância da ocasião. A jovem mãe, que dera motivo para toda essa solenidade, comeu com um desconforto mal-humorado, lançando pequenos sorrisos taciturnos ao filho, sorrisos que lhe vinham, a contragosto, quando sentia as perninhas se mexerem com vigor em seu colo. Bertha, incisiva e brusca, estava preocupada sobretudo com o bebê. Desprezava a irmã e a tratava feito lixo. Mas a criança era um raio de luz para ela. A srta. Rowbotham se preocupava com a recepção e a conversa. Suas mãos tremiam; ela falava em pequenos disparos excessivamente nervosos. Perto do fim da refeição, houve uma pausa. O velho limpou a boca com seu guardanapo vermelho, então, com os olhos azuis fixos e observadores, começou a falar de um jeito frouxo e babão, dirigindo as palavras ao clérigo.

– Bem, mestre... nós pedimos pra você vir aqui batizar esta criança e você veio e tenho certeza de que nós estamos muito agradecidos. Não posso permitir que deixem a pobre e abençoada criança perder o batizado, mas elas não vão pra igreja com ela. – Ele pareceu ter se perdido num pensamento. – Então – resumiu – nós pedimos pra você fazer o trabalho. Não estou dizendo que não é difícil pra gente, porque é. Eu estou quebrado e a mãe delas partiu. Não gosto de deixar uma das minhas garotas numa situação como a dela, mas o que o Senhor faz, está feito, e não adianta resmungar... Tem uma coisa para agradecer e somos *mesmo* muito gratos por isso: elas nunca precisaram passar fome.

A srta. Rowbotham, a dama da família, permaneceu sentada muito rija e aflita durante esse discurso. Era sensível a muitas coisas e estava desnorteada. Sentiu a desonra de sua irmã mais nova, e então uma espécie de amor protetor e imediato pelo bebê, um sentimento que incluía a mãe; era arredia ao envolvimento religioso do pai e entristecia-se, lamentando amargamente a mancha sobre a família, contra a qual a maior parte das pessoas apontaria o dedo. Ainda assim, estremeceu ao som das palavras do pai. Era uma dolorosa provação.

– É difícil para vocês – irrompeu o clérigo em sua voz suave, vagarosa e etérea. – É difícil para vocês, mas o Senhor oferece consolo em Seu tempo. Um filho do homem nasce entre nós, portanto vamos rejubilar e ficar alegres. Se o pecado adentrou nosso meio, vamos purificar nossos corações perante o Senhor...

Continuou seu discurso. A jovem mãe levantou o menino chorão até o rosto dele ficar escondido em seus cabelos soltos. Estava magoada, e uma ligeira raiva incandescente brilhava em seu rosto. Ainda assim, seus dedos seguravam lindamente o corpo da criança.

Estava perplexa de raiva dessa emoção que não dependia de sua vontade.

    A srta. Bertha se levantou e foi até a pequena cozinha, retornando com água em uma tigela de porcelana. Deixou-a entre o serviço de chá.

    – Bem, estamos todos prontos – disse o velho, e o clérigo começou a ler os versículos. A srta. Bertha era a madrinha, os dois homens, padrinhos. O velho sentou-se com a cabeça curvada. A cena tornou-se impressionante. Ao fim, a srta. Bertha pegou a criança e a colocou nos braços do clérigo. Ele, grande e feio, reluziu com uma espécie de amor irreal. Nunca se afinara à vida e considerava todas mulheres seres bíblicos e sem vida. Quando perguntou o nome, o velho levantou a cabeça, feroz.
– Joseph William, como eu – disse, quase sem fôlego.

    – Joseph William, eu o batizo... – ressoou a voz desconhecida, encorpada e ritmada do clérigo. O bebê estava completamente quieto.

– Vamos rezar! – Isso foi um alívio para todos eles. Ajoelharam diante das cadeiras – todos menos a jovem mãe, que, curvada, escondeu-se sobre o bebê. O clérigo iniciou a oração hesitante e difícil.

Foi então que se ouviram pesadas passadas pelo caminho, que cessaram à janela. A jovem mãe, levantando os olhos de relance, viu seu irmão, negro de pó da mina, rindo através das vidraças. A boca vermelha do rapaz se curvou em sarcasmo; seu cabelo loiro reluziu sobre a pele enegrecida. Chamou atenção da irmã e riu. Então seu rosto negro desapareceu. Adentrara a cozinha. A garota com a criança se sentou imóvel e a raiva encheu seu coração. Agora odiava o clérigo ainda a orar, bem como todo aquele sentimentalismo; odiava o irmão amargamente. Com raiva e servidão, ficou sentada, escutando.

De súbito, seu pai começou a rezar. Sua voz familiar, alta e divagante fez com que ela se fechasse, tornando-se ainda mais insensível. O povo dizia que a cabeça dele estava enfraquecendo. Ela acreditava e se mantinha sempre afastada dele.

– Nós pedimos a Ti, Senhor – suplicou o velho –, que cuide desta criança. Ela é órfã de pai. Mas o que o pai terreno significa perante Ti? A criança é Tua, ela é Tua criança. Senhor, que homem tem um pai senão Tu? Senhor, quando um homem diz que é um pai, está enganado desde o começo. Porque Tu és o pai, Senhor. Senhor, tira de nós a presunção de que nossas crianças são nossas. Senhor, Tu és o pai desta criança que não tem pai aqui. Oh, Deus, Tu a trouxeste. Porque eu me pus entre Ti e meus filhos. Eu tive a *minha* experiência com eles, Senhor. Fiquei entre Ti e meus filhos. Tirei-os de Ti porque eram meus. E eles cresceram tortos por causa de mim. Quem é o pai deles, Senhor, senão Tu? Mas eu me coloquei no caminho, eles têm sido plantas debaixo de uma pedra por causa de mim. Senhor, se não tivesse sido por mim, eles podiam ter se tornado árvores à luz do sol. Deixa-me ter essa dívida, Senhor, porque eu os prejudiquei. Teria sido melhor se nunca tivessem conhecido pai algum. Nenhum homem é um pai, Senhor: só Tu o és. Nunca podem ser maiores do que Tu, mas eu os penalizei. Eleva-os de novo e desfaz o que eu fiz aos meus filhos. Deixa que esta jovem criança seja como um salgueiro à margem das águas, com pai algum senão Tu, ó Deus. Sim, e desejo que tivesse sido assim com meus filhos, que eles não tivessem tido pai algum senão Tu. Porque eu fui como uma pedra sobre eles, e eles, em sua perversidade, se levantaram e me amaldiçoaram. Mas deixa que eu vá e Tu os eleva, Senhor...

O pastor, ignorante dos sentimentos de um pai, ajoelhou perturbado, ouvindo sem compreender a linguagem especial da paternidade. A srta. Rowbotham entendia um pouco e se sentia sozinha. Seu coração começou a vibrar; estava sofrendo. As duas filhas mais novas se ajoelharam sem ouvir, enrijecidas e impenetráveis. Bertha pensava no bebê e a jovem mãe, no pai da criança, que ela odiava. Houve um ruído do lado de fora, na cozinha. Lá, o filho mais novo fez tanto barulho quanto pôde, pegando água para se lavar, resmungando com intensa fúria:

– Velho bobalhão, tagarela, babão!

E enquanto a oração do pai continuava, seu o coração ardia de raiva. Sobre a mesa havia um saco de papel. Ele o pegou e leu: "John Berryman – Pães, doces etc.". Então riu com uma careta. O pai do bebê era padeiro na loja de Berryman. A oração avançava na cozinha. Laurie Rowbotham uniu a boca do saco, encheu-o de ar e o estourou com o punho. Fez-se um rumor estrondoso. Ele riu para si mesmo. Mas ao mesmo tempo se retorcia de vergonha e medo do pai.

O pai interrompeu sua oração; o grupo levantou-se ruidosamente. A jovem mãe foi até a cozinha.

– O que tá fazendo, bobo? – ela disse.

O jovem minerador tocou com a ponta dos dedos abaixo do queixo do bebê, cantando:

– *Mexe um bolo, mexe um bolo, padeiro*
Para mim bate um bolo o mais ligeiro.

A mãe afastou a criança.

– Cala a sua boca – ela disse, com o rubor subindo até a face.

– *Espete e enfie e marque com um P*
E bote no forno pra mim e o bebê...

Ele riu, exibindo uma boca vermelha e dentes brancos zombeteiros, sujos e repulsivos.

– Eu vou te dar um tapa na boca – disse, obstinada, a mãe do bebê. Ele começou a cantar de novo e ela o golpeou.

– E essa agora? – disse o pai, cambaleando copa adentro.

O jovem começou a cantar de novo. Sua irmã permaneceu furiosa e taciturna.

– Ué, *isso* te aborrece? – perguntou a srta. Rowbotham mais velha, incisiva, para a mãe, Emma. – Abençoado seja, seu temperamento não melhorou.

A srta. Bertha entrou e pegou o gracioso bebê.

O pai se sentou grandioso e despercebido em sua cadeira, os olhos vazios, o físico aniquilado. Deixou-os fazer o que quisessem, caiu em frangalhos. Ainda assim, algum poder involuntário, como uma maldição, permanecia nele. Sua própria ruína era como um ímã que os mantinha sob seu controle. Sua aniquilação ainda dominava a casa, ainda em sua dissolução ele coagia a existência deles. Nunca haviam vivido; a vida dele, a vontade dele sempre foram postas à frente deles e os contiveram. Eram somente indivíduos pela metade.

No dia seguinte ao batizado, ele cambaleou até a soleira declarando em voz alta, ainda com alegria de viver:

– As margaridas iluminam a terra; unidas, batem palmas em louvor à manhã. – E suas filhas se encolheram, taciturnas.

ODOR DE CRISÂNTEMOS

I

A pequena locomotiva, número 4, chegou tilitando, tropicando desde Selston – com sete vagões cheios. Apareceu fazendo a curva com ruídos de alta velocidade, e o potro, que se assustou no meio do tojo que, por sua vez, continuava a tremular na tarde austera, distanciou-se com um galope. Uma mulher, subindo a linha da ferrovia para Underwood, recuou para dentro da plataforma, segurou sua cesta ao lado do corpo e observou a cabine da máquina avançar. Os veículos de carga troavam violentamente ao passar, um por um, com um movimento de inevitável lentidão, conforme ela permanecia insignificantemente presa entre a plataforma e os sobressaltados vagões pretos; então, eles viraram em direção à talhadia, onde as folhas secas de carvalho pendiam em silêncio, enquanto os pássaros, puxando as bagas de rosa-mosqueta à margem do trilho, fugiam pelo crepúsculo que já se arrastara pelo arvoredo. A céu aberto, a fumaça da máquina se dissipava e se decompunha na grama irregular. Os campos eram sombrios e abandonados, e, na faixa pantanosa que levava à turbina de vapor, uma cavidade preenchida por água e juncos, as galinhas já tinham abandonado o cercado entre os amieiros para pousar no galinheiro revestido de piche. O morro formado pelo despejo do carvão pairava acima do lago, e as chamas, como úlceras vermelhas, lambiam seus arredores de cinzas na luz inerte da tarde. Logo acima, erguiam-se as chaminés em formato de cone e os cabeçotes pretos e desajeitados da mina de carvão de Brinsley. As duas rodas giravam rapidamente contra o céu, e a máquina de extração dava seus pequenos espasmos. Os mineradores estavam sendo içados.

A locomotiva apitou conforme entrava no largo pátio das linhas ferroviárias ao lado da mina de carvão, onde filas de veículos de carga permaneciam abrigadas.

Mineradores sozinhos, enfileirados e em grupos passavam como sombras desviando-se em direção às suas casas. Na beira estriada das linhas para o pátio se espremia uma choupana baixa, três passos abaixo da trilha de cinzas. Uma grande e esquelética videira agarrava-se à casa, como se fosse percorrer o telhado. Ao redor do quintal de tijolos, cresciam algumas prímulas de inverno. Mais além, o extenso jardim se inclinava em direção a um riacho coberto por arbustos. Havia algumas macieiras secas, árvores rachadas pelo inverno e repolhos rotos. À margem, pendiam desgrenhados crisântemos cor-de-rosa, como pedaços de panos rosados pendurados nos arbustos. Uma mulher saía curvada do galinheiro coberto por feltro, no meio do jardim. Ela fechou a porta e passou o cadeado, então se endireitou antes de esfregar as mãos em seu avental branco.

Era uma mulher alta de porte imperioso, bonita, com sobrancelhas pretas e definidas.

Seu cabelo preto e macio estava repartido exatamente ao meio. Por um momento, ficou firme vendo os mineradores passarem ao longo da ferrovia; então, virou-se em direção ao riacho. Seu rosto era calmo e determinado, sua boca estava fechada de desilusão. Após um momento, chamou:

– John! – Não houve resposta. Esperou e então disse claramente: – Onde você está?

– Aqui! – respondeu de dentro dos arbustos uma voz de criança mal-humorada. A mulher perscrutou através do crepúsculo.

– Você não está naquele riacho, né? – perguntou, severa.

Como resposta, a criança apareceu na frente dos galhos de framboesa que se erguiam feito chicotes. Era um menininho vigoroso de 5 anos. Permaneceu bastante rígido, desafiador.

– Ah! – disse a mãe, conciliada. – Pensei que você estivesse lá embaixo, naquele riacho, e você se lembra do que eu lhe disse.

O menino não se mexeu nem respondeu.

– Venha, entre – disse, mais gentil –, está ficando escuro. Olha lá a locomotiva do seu avô descendo a linha!

O rapazinho avançou devagar, com movimentos ressentidos e taciturnos. Usava calças e colete de um tecido muito grosso e enrijecido para o tamanho das vestimentas. Foram sem dúvida adaptados de roupas de um adulto.

Enquanto seguiam lentamente em direção a casa, ele rasgou uns maços murchos de crisântemos e largou punhados de pétalas pelo caminho.

– Não faça isso; que coisa feia – disse a mãe. Ele se conteve e ela, subitamente piedosa, partiu uns maços com três ou quatro flores pálidas e as segurou contra o próprio rosto. Quando mãe e filho chegaram ao quintal, a mão dela hesitou e, em vez de deixar a flor de lado, botou-a dentro do bolso do avental. Mãe e filho permaneceram à distância de três passos, olhando para além do pátio das linhas, no caminho que os mineradores tomavam para voltar para casa. O arrastar do pequeno trem chegando era iminente. De súbito, a locomotiva surgiu passando pela casa e parou em frente ao portão.

O maquinista, um homem baixo de barba arredondada e grisalha, inclinou-se para fora da cabine, bastante acima da mulher.

– Você tem uma xícara de chá? – ele disse de maneira alegre e amável.

Era o pai dela. Ela entrou, dizendo que iria fazer o chá. Voltou imediatamente.

– Não consegui ver você no domingo – irrompeu o homenzinho de barba grisalha.

– Não estava esperando por você – disse a filha.

O maquinista se encolheu; então, retomando seu jeito alegre e leve, disse:

– Ah, então você soube? Bem, e o que acha?

– Acho que ainda é cedo demais – ela respondeu.

À breve crítica dela, o homenzinho fez um gesto impaciente e disse, persuasivo, mas com uma frieza ameaçadora:

– Bem, o que um homem vai fazer? Não é vida, para um homem da minha idade, ficar sentado em casa como se fosse um estranho. E se eu for me casar de novo, tanto pode ser cedo como tarde... ninguém tem nada a ver com isso.

A mulher não respondeu, mas se virou e entrou na casa. O homem na cabine da locomotiva permaneceu assertivo, até ela voltar com uma xícara de chá e um pedaço de pão com manteiga em um prato. Ela subiu e permaneceu perto da plataforma da locomotiva sibilante.

– Não precisava me trazer pão com manteiga – disse o pai. – Mas uma xícara de chá – deu um gole, agradecido – é muito bom. – Deu mais um ou dois goles, então disse: – Parece que Walter se envolveu em outra briga.

– E quando foi que não se envolveu? – disse a mulher, amarga.

– Escutei ele contar no Lord Nelson, se gabando de como ia gastar aquela m**** antes de sair: eram 10 xelins.

– Quando? – perguntou a mulher.

– Um sábado à noite; sei que é verdade.

– Muito provável – riu, amarga. – Ele me dá 23 xelins.

– Sim, como é bom quando um homem não consegue fazer nada com seu dinheiro além de se tornar um monstro! – disse o homem de suíças grisalhas. A mulher desviou o rosto. O pai engoliu o que restava do chá e entregou-lhe a xícara. – Sim – suspirou, limpando a boca. – É um explorador, isso sim.

Pôs a mão sobre a alavanca. A pequena locomotiva foi acionada, rangeu, e o trem roncou em direção à encruzilhada. A mulher olhou de novo para além das vias. A escuridão estava se pondo sobre as linhas férreas e os vagões; os mineradores, em grupos sombrios e cinzentos, ainda estavam a caminho de casa. A máquina de extração pulsou, apressada, com breves pausas. Elizabeth Bates olhou para o monótono fluxo de homens, então entrou em casa. Seu marido não tinha chegado.

A cozinha era pequena e bem iluminada pelo fogo; carvões vermelhos empilhados rutilavam até a boca da chaminé. Toda a vida do cômodo parecia estar no branco e caloroso forno a carvão e no guarda-fogo de aço a refletir o fogo rubro. A toalha estava posta para o chá; xícaras cintilavam nas sombras. Ao fundo, onde os degraus mais baixos despontavam dentro do cômodo, o garoto, sentado, peleava com uma faca e um pedaço de madeira branca. Estava quase escondido em meio à sombra. Eram quatro e meia. Só tinham de esperar o pai chegar para tomar o chá. Enquanto a mãe observava a rabugenta luta do filho com a madeira, via a si mesma no silêncio e na persistência dele; via o pai na indiferença do menino a todos, menos a ele mesmo. Parecia aflita com seu marido. Ele provavelmente tinha passado pela casa, tinha se esgueirado de sua porta para beber antes de entrar, enquanto o jantar estragava e era desperdiçado pela espera. Ela olhou de relance para o relógio e então pegou as batatas para espremê-las no quintal. O jardim e os campos além do riacho estavam cerrados em uma escuridão indefinida. Quando se levantou com a caçarola, deixando a água evaporar noite adentro, viu que as lâmpadas amarelas estavam acesas ao longo da estrada superior, que continuava acima da montanha, para além do espaço das linhas ferroviárias e do campo.

Então, de novo, viu os homens marchando para casa, agora em menor e menor quantidade.

Dentro de casa, o fogo diminuía e o cômodo estava vermelho-escuro. A mulher pousou a caçarola sobre o fogão e dispôs o batedor de massa perto da boca do forno. Então, permaneceu imóvel. Imediatamente, ainda bem, aproximaram-se da porta passos rápidos e jovens. Alguém se pendurou no trinco por um momento, então uma garotinha entrou e começou a arrancar os agasalhos, arrastando uma massa de cachos, recém-amadurecidos do dourado ao castanho, na altura dos olhos, com seu chapéu.

Sua mãe a repreendeu por chegar tarde da escola e disse que teria de mantê-la em casa nos dias escuros de inverno.

– Por quê, mãe? Mal tá escuro ainda. A lâmpada não tá acesa e meu pai não tá em casa.

– Não, não tá. Mas são quinze pras cinco! Você viu alguma sombra dele?

A criança ficou séria. Olhou para a mãe com seus olhos azuis, grandes e pensativos.

– Não, mãe, eu não vi ele em nenhum momento. Por quê? Será que ele chegou e seguiu pro Old Brinsley? Não foi, mãe, porque eu não vi ele em nenhum momento.

– Ele cuidaria disso – disse a mãe, amarga –, ele cuidaria para que você não o visse. Mas pode apostar, ele está sentado no Prince of Wales. Não se atrasaria tanto.

A garota olhou para a mãe com pena.

– Vamos tomar o chá, mãe, vamos? – disse ela.

A mãe chamou John à mesa. Abriu a porta mais uma vez e olhou além da escuridão das linhas. Tudo estava deserto: não podia ouvir as máquinas de extração.

– Talvez – disse a si mesma – ele tenha ficado para extrair mais carvão.

Sentaram-se para o chá. John, na cabeceira da mesa perto da porta, quase se perdia na escuridão.

Os rostos estavam escondidos uns dos outros. A garota se agachou contra o guarda-fogo, movendo lentamente uma fatia grossa de pão diante do assador. O menino, cujo rosto era uma marca soturna na sombra, sentou-se observando a mãe transfigurada na cintilância vermelha.

– Eu realmente acho bonito olhar para o fogo – disse a criança.

– Você acha? – perguntou a mãe. – Por quê?

– É tão vermelho e cheio de buraquinhos... e é tão bom, dá até para sentir o cheiro.

– Vai precisar de conserto imediatamente – respondeu sua mãe. – E então, se seu pai vier, vai logo dizer que o fogo nunca está aceso em casa quando um homem chega suando da mina. Um bar é sempre mais quente.

Houve silêncio até o garoto dizer, reclamando:

– Depressa, Annie.

– Poxa, estou indo! Não posso fazer o fogo ir mais rápido, né?

– Ela fica enrolando para ir mais devagar – resmungou o garoto.

– Não tenha uma imaginação tão cruel, menino – respondeu a mãe.

Logo o cômodo estava ocupado, na escuridão, pelo som estalado da mastigação. A mãe comeu muito pouco. Bebeu seu chá determinada e ficou sentada, pensando. Quando se levantou, sua raiva era evidente na rigidez severa de sua cabeça. Olhou a torta dentro do guarda-fogo e extravasou:

– É uma coisa escandalosa um homem não voltar para casa nem para o jantar! Se a casa queimou e virou cinzas, ele nem se importa. Passa reto pela própria porta para ir a um bar e eu sentada aqui, esperando com a janta.

Ela saiu. Enquanto derrubava um carvão após o outro no fogo rubro, as sombras caíam sobre as paredes, até o cômodo ficar quase na total escuridão.

– Eu não consigo enxergar – resmungou o invisível John. A despeito de si mesma, a mãe riu.

– Você sabe o caminho para a boca – ela disse. Dispôs a pá de cinzas do lado de fora da porta.

Quando entrou de novo, como uma sombra acima do forno, o rapaz repetiu, reclamando zangado:

– Não consigo enxergar.

– Deus poderoso! – exclamou a mãe, irritada –, você é tão desagradável quanto seu pai quando está um pouco escuro!

No entanto, ela pegou um pedaço de papel de um maço em cima da prateleira e começou a acender a lamparina que pendia do teto no meio do cômodo. Enquanto se esticava, sua figura mostrou-se de fato arredondada pela maternidade.

– Ah, mãe! – exclamou a garota.

– O quê? – disse a mulher, suspensa no ato de encaixar a cúpula da lamparina acima da chama. O refletor de cobre brilhou lindamente sobre ela enquanto permanecia com o braço esticado, virando-se para encarar a filha.

– Tem uma flor no seu avental! – disse a criança, em um pequeno arrebatamento por esse estranho evento.

– Meu Deus! – exclamou a mulher, aliviada. – Alguém poderia pensar que a casa estava pegando fogo. – Ela recolocou o vidro e esperou um momento antes de levantar o pavio. Uma sombra pálida foi vista vagando sobre o chão.

– Me deixa cheirar! – disse a criança, ainda arrebatada, avançando e encostando a cabeça na cintura da mãe.

– Vamos, bobinha! – disse a mãe, aumentando a chama. A luz revelou o suspense delas, de modo que a mulher achou aquilo quase insuportável. Annie ainda estava apoiada em sua cintura. Irritada, a mãe tirou as flores do avental.

– Ah, mãe, não tire! – Annie exclamou, segurando-lhe a mão e tentando botar o raminho de novo.

– Quanta bobagem! – disse a mãe, virando-se. A criança levou o pálido crisântemo aos lábios, murmurando:

– Eles não cheiram bem?!

A mãe deu uma leve risada.

– Não – ela disse –, não para mim. Havia crisântemos quando eu me casei com ele, e crisântemos quando você nasceu, e a primeira vez que o trouxeram bêbado para casa ele tinha crisântemos marrons na lapela.

Observou as crianças. Seus olhos e lábios apartados elucubravam. Ela sentou-se na cadeira de balanço em silêncio por algum tempo. Depois olhou o relógio.

– Vinte para as seis! – Em um tom inconsciente de ligeira amargura, continuou: – É, agora ele só vem arrastado. Vai ficar preso lá! Mas não precisa aparecer coberto de sujeira da mina, porque *eu* é que não vou lavá-lo. Ele pode deitar no chão... é, que boba que eu fui, que boba! E foi por isso que eu vim para este buraco imundo, com ratos e tudo, para ele se esquivar ao passar pela própria porta. Duas vezes na semana passada. Agora começou.

Ela calou-se e se levantou para limpar a mesa.

Enquanto as crianças brincavam por uma hora ou mais, propositalmente submissas, férteis de imaginação, unidas pelo medo da raiva da mãe e apavoradas pela chegada do pai, a sra. Bates se sentou na cadeira de balanço, cosendo uma blusa creme de flanela grossa e produzindo um barulho ritmado e enfadonho quando torcia a borda cinza. Trabalhava na costura com vigor, escutando as crianças, e sua raiva se exauriu: a raiva se deitou para descansar, abrindo os olhos de vez em quando e observando continuamente, com as orelhas em pé para escutar. Às vezes até a raiva desanimava e se encolhia, e a mãe parava a costura, buscando ouvir lá fora passos soando entre os adormecidos; ia levantar a cabeça abruptamente para pedir "silêncio" às crianças, mas se recobrou a tempo, os passos seguiram além do portão e as crianças não foram expulsas de seu mundo de faz de conta.

Por fim, Annie suspirou e desistiu. Olhou de relance para o trenzinho que fizeram com as pantufas e desprezou a brincadeira. Virou-se melancólica para a mãe.

– Mãe! – mas estava desarticulada.

John saiu se arrastando de baixo do sofá como um sapo. A mãe ergueu os olhos.

– Sim – ela disse –, vejam só estas mangas de camisa!

O garoto as segurou para inspecioná-las, sem dizer nada. Então, uma voz rouca lá embaixo da linha chamou e o suspense encheu o cômodo, até duas pessoas passarem do lado de fora, conversando.

– Está na hora de dormir – disse a mãe.

– Meu pai não chegou – lamentou Annie, melancólica. Mas sua mãe estava armada de coragem.

– Não faz mal. Eles vão trazê-lo quando ele chegar... como um tronco. – Quis dizer que não haveria cena. – E ele pode dormir no chão até acordar sozinho. Sei que amanhã não vai trabalhar depois disso!

As crianças limparam as mãos e os rostos em uma flanela. Estavam muito quietas. Depois de vestirem seus pijamas, rezaram, e o garoto murmurava. A mãe baixou o olhar para eles, para o emaranhado de cachos castanhos e sedosos entrelaçados na nuca da garota, para a cabecinha negra do menino, e o coração dela queimou de raiva do pai deles, que causava tanta angústia a eles três. As crianças esconderam o rosto na saia da mãe para se acalmarem.

Quando a sra. Bates desceu, o cômodo estava estranhamente vazio, com a tensão da expectativa. Ela pegou sua costura e coseu por algum tempo sem levantar a cabeça. Enquanto isso, sua raiva estava tingida de medo.

O relógio bateu oito horas e ela se levantou subitamente, deixando cair a costura na cadeira. Foi até a porta ao pé da escada, abriu-a, à escuta. Então saiu, trancando a porta atrás de si.

Algo soou no quintal e ela ficou alerta, mesmo sabendo que eram somente os ratos; o lugar estava lotado deles. A noite estava muito escura. No grande pátio de linhas ferroviárias, repleto de veículos, não havia vestígio de luz, somente muito ao longe podiam-se ver algumas lâmpadas amarelas no topo da mina e a mancha vermelha no escuro, no ponto de despejo do carvão. Ela então se apressou ao longo da beira do trilho, atravessando as linhas que convergiam, e chegou aos degraus próximos dos portões brancos, onde desembocava a estrada. Então o medo que a levara diminuiu. As pessoas subiam em direção a New Brinsley; viu as luzes nas casas; 20 jardas à frente estavam as amplas janelas do Prince of Wales, muito quente e brilhante, e as vozes altas dos homens podiam ser ouvidas com nitidez. Como foi boba ao imaginar que alguma coisa tinha acontecido a ele! Só estava bebendo lá no Prince of Wales. Ela fraquejou. Nunca antes o buscara, e nunca o faria. Portanto, continuou sua caminhada em direção à longa e meandrosa linha de casas elevadas, de costas para a estrada. Entrou numa passagem entre as residências.

– Sr. Rigley?

– Sim! Você quer falar com ele? Não, ele não se encontra no momento.

A mulher esquelética se inclinou para a frente da copa e fitou a outra, sobre quem caía uma luz fraca através da cortina da janela da cozinha.

– É a sra. Bates? – perguntou em um tom carregado de respeito.

– Sim. Gostaria de saber se o seu senhor está em casa. O meu ainda não chegou.

– Não?! Ah, o Jack já chegou, jantou e saiu pra passear. Ficou fora uma meia hora antes de dormir. Você já foi ver no Prince of Wales?

– Não...

– Não, você não ia gostar! Não é muito agradável. – A outra mulher era indulgente. Houve uma pausa constrangedora. – O Jack não disse em momento algum nada sobre... sobre o seu senhor – disse.

– Não...? Eu espero que ele esteja preso lá!

Elizabeth Bates disse isso com amargura e imprudência. Sabia que a mulher do outro lado do quintal estava parada na porta ouvindo, mas não se importava. Enquanto se virava:

– Um minuto! Vou só perguntar ao Jack se ele sabe de alguma coisa – disse a sra. Rigley.

– Ah, não. Eu não gostaria de...!

– Vou, sim, só entra e vê se as crianças não vão descer e atear fogo nelas mesmas.

Elizabeth Bates, murmurando um protesto, entrou. A outra mulher se desculpou pelo estado da sala.

A cozinha precisava de desculpas. Havia vestidinhos, calças e roupas de baixo infantis sobre o encosto da cadeira e pelo chão, e entulhos de brinquedos por todos os lados. Sobre a toalha negra que cobria a mesa havia farelos de pão e bolo, cascas, restos e uma chaleira com chá frio.

– É, lá em casa é tão ruim quanto – disse Elizabeth Bates, olhando para a mulher, não para a casa. A sra. Rigley pôs um xale sobre a cabeça e se apressou, dizendo:

– Só um minuto.

A outra se sentou, reparando com leve desaprovação a bagunça generalizada da sala. Então tratou de contar os sapatos de diferentes tamanhos espalhados sobre o chão. Havia doze. Suspirou e disse a si mesma: "Era de se esperar!", olhando de relance para o entulho. Chegou o som de dois pares de pés arranhando o chão do quintal, e os Rigley entraram. Elizabeth Bates se levantou. Rigley era um homem grande, de ossos muito largos. Sua cabeça parecia particularmente ossuda. Cruzando sua têmpora havia uma cicatriz azul, causada por um ferimento na mina, um ferimento que o pó do carvão tornou azul feito tatuagem.

– Ele ainda não veio? – perguntou o homem, sem nenhuma forma de cumprimento, mas com deferência e simpatia. – Não sei dizer onde ele está, ele não tá lá! – Sacudiu a cabeça, referindo-se ao Prince de Wales.

– Talvez tenha subido pro Yew – disse a sra. Rigley.

Houve outra pausa. Rigley tinha evidentemente algo para desenterrar da memória:

– Ah, deixamos ele terminando uma tarefa – começou. – Todo mundo tinha ido uns dez minutos antes quando nós fomos embora e eu gritei: "Você tá vindo, Walt?", e ele disse: "Vai, eu não demoro mais que meio minuto", então a gente foi até a base, eu e Bowers, pensando que ele estava logo atrás e que ia subir com o próximo bando...

Ele ficou perplexo, como se respondesse à acusação de desertar de seu colega. Elizabeth Bates, agora novamente convicta do desastre, apressou-se a confortá-lo:

– Eu espero que ele tenha ido ao Yew Tree, como você diz. Não é a primeira vez. Eu estava ardendo de preocupação agora há pouco. Ele vai vir para casa carregado.

– Sim, isso é tão ruim! – lamentou a outra mulher.

– Eu vou só subir no Dick e ver se ele está por lá – propôs o homem, com medo de parecer alarmado, com medo de tomar liberdades.

– Ah, eu nem pensaria em te incomodar tanto assim – disse Elizabeth Bates, enfática, mas ele sabia que ela ficara feliz com a proposta.

Enquanto caminhavam aos tropeços em direção à entrada, Elizabeth Bates ouviu a esposa de Rigley correr pelo quintal e abrir a porta da vizinha. Nisso, subitamente, todo o sangue em seu corpo pareceu abandonar seu coração.

– Cuidado! – alertou Rigley. – Já disse muitas vezes que eu ia preencher essas falhas na passagem, é capaz de alguém ainda quebrar as pernas.

Ela se recobrou e foi caminhando rapidamente com o minerador.

– Não gosto de deixar as crianças na cama sem ninguém em casa – ela disse.

– Claro, não gosta! – ele respondeu, educado. Logo estavam no portão da casa.

– Bom, eu nem devo demorar muito. Não se inquiete agora, ele está bem – disse o companheiro.

– Muito obrigada, sr. Rigley – ela respondeu.

– De nada! – ele balbuciou, afastando-se. – Não devo demorar muito.

A casa estava silenciosa. Elizabeth Bates tirou o chapéu e o xale e arrumou o tapete. Quando terminou, sentou-se. Eram nove e pouco. Estava assustada com o ronco rápido da máquina de extração na mina e o ronronar agudo dos freios no cabo à medida que ele descia. Novamente sentiu o doloroso esvair de seu sangue e voltou a cabeça para o lado, dizendo em voz alta: "Deus poderoso! São só os trabalhadores das nove horas descendo", repreendendo-se.

Permaneceu rígida, escutando. Meia hora assim, e estava esgotada.

– Por que é que estou fazendo isso comigo? – disse, compadecida, para si mesma. – Quem vai sair prejudicada sou eu mesma.

Pegou novamente sua costura.

Às quinze para as dez surgiram passos. Uma pessoa só! Ela observou a porta se abrir. Era uma mulher idosa, com uma touca preta e um xale de lã também preto – a mãe dele. Tinha cerca de 60 anos, pálida, olhos azuis e rosto todo enrugado e lamentoso. Fechou a porta e virou-se irritada para a nora.

– É, Lizzie, faremos o que for preciso, faremos o que for preciso! – exclamou.

Elizabeth retrocedeu um pouco, abruptamente.

– O que foi, mãe? – disse.

A mulher mais velha se sentou no sofá.

– Não sei, filha, não consigo lhe dizer! – balançou a cabeça devagar. Elizabeth permaneceu olhando para ela, ansiosa e contrariada.

– Não sei – respondeu a avó, suspirando muito profundamente. – Não há fim para os meus problemas, não há. As coisas pelas quais passei, tenho certeza de que são suficientes! – Chorou sem enxugar os olhos, as lágrimas correndo.

– Mas, mãe – interrompeu Elizabeth –, o que quer dizer? O que houve?

A avó enxugou os olhos devagar. As fontes de suas lágrimas foram barradas pela objetividade de Elizabeth. Enxugou os olhos devagar.

– Pobre criança! É, você, pobrezinha! – gemeu.

– Não sei o que iremos fazer, não sei... e do jeito que você é... É um problema, de verdade!

Elizabeth esperou.

– Ele está morto? – indagou, e, ante as palavras, seu coração bateu violentamente, embora sentisse um ligeiro rubor de vergonha pela extravagância derradeira da pergunta. As palavras foram suficientes para amedrontar a velha senhora: quase a trouxeram a si.

– Não diga isso, Elizabeth! Nós esperamos que não seja tão ruim assim; não, que o Senhor nos poupe disso, Elizabeth. Jack Rigley chegou bem quando eu estava me sentando para uma bebida antes de dormir e disse: "Você vai ter que descer a linha, sra. Bates. Walt teve um acidente. Você vai ter que ir lá sentar com ela até a gente conseguir levar ele pra casa". Eu não tive tempo de lhe perguntar nada antes de ele ir embora. Vesti minha touca e desci direto, Lizzie. Pensei comigo: "É, a pobrezinha daquela criança, se alguém chegar de repente e lhe contar, não dá para saber o que acontecerá a ela". Você não deve deixar que isso a aborreça, Lizzie... ou você sabe o que a espera. Está de quanto tempo, seis meses... ou são cinco, Lizzie? Sim! – a velha balançou a cabeça –, o tempo voa, voa! Sim!

Os pensamentos de Elizabeth estavam em outro lugar. Se ele estivesse morto, ela conseguiria se arranjar com a pequena pensão e com o que poderia ganhar?, ela contabilizava rapidamente. Se estivesse ferido – eles não o levariam ao hospital –, quão cansativo seria cuidar dele! – mas talvez ela conseguisse afastá-lo da bebida e de seus modos detestáveis. Assim faria – enquanto ele estivesse doente. As lágrimas chegaram a brilhar nos seus olhos ao imaginar. Mas que privilégio sentimental era esse a que ela dava início? Passou a considerar as crianças. De qualquer forma, ela era absolutamente necessária a elas. Eram responsabilidade dela.

– Sim! – repetiu a velha –, parece que foi há uma ou duas semanas que ele me trouxe seus primeiros salários. Sim, era um bom rapaz,

Elizabeth, ele era, a seu modo. Não sei por que se tornou esse problema, não sei. Em casa, era um rapaz feliz, só cheio de energia. Mas não há dúvida de que ele tem sido um belo de um problema, tem sim! Espero que o Senhor o poupe da reparação de seus modos. Espero que sim, espero que sim. Você teve uma dimensão do problema com ele, Elizabeth, teve mesmo. Mas ele era um rapaz alegre o bastante comigo, ele era, posso garantir. Não sei como funciona...

A velha continuou a meditar em voz alta, um som monótono e irritante, enquanto Elizabeth pensava, concentrada e assustada, quando ouviu a máquina de extração expirar rapidamente e os freios correrem num grito estridente. Então ouviu a locomotiva mais lenta e os freios silenciarem. A velha não percebeu. Elizabeth esperou ansiosa. A sogra falava com lapsos de silêncio.

– Mas ele não era seu filho, Lizzie, e isso faz diferença. O que quer que ele foi, eu me lembro dele quando era pequeno e aprendi a compreendê-lo e a fazer concessões. Você precisa fazer concessões por eles...

Eram dez e meia e a velha dizia: "Mas é problema do começo ao fim, você nunca está velha demais para os problemas, nunca se é muito velha para isso", quando o portão bateu e se ouviram passos fortes nos degraus.

– Eu vou, Lizzie, deixe-me ir – exclamou, levantando-se. Mas Elizabeth estava à porta. Era um homem em roupas de minerador.

– Eles estão trazendo ele, senhora – ele avisou. O coração de Elizabeth congelou por um momento. Então acelerou de novo, quase a sufocando.

– Ele está... é grave? – ela perguntou.

O homem se virou, olhando para a escuridão.

– Os médicos disseram que ele está morto há horas. Nós vimos ele na cabine de luz.

A velha, que permaneceu bem atrás de Elizabeth, caiu em uma cadeira e estendeu as mãos, gritando: – Ah, meu garoto, meu garoto!

– Silêncio! – disse Elizabeth, franzindo bem

a testa. – Fique firme, mãe, não acorde as crianças. Eu não quero elas aqui embaixo por nada!

A velha gemia, fraca, balançando-se. O homem estava indo embora. Elizabeth deu um passo à frente.

– Como aconteceu? – ela perguntou.

– Bem, eu não poderia dizer com certeza – o homem respondeu, muito desconfortável. – Ele estava terminando uma tarefa, os companheiros tinham ido embora e um monte de coisa caiu em cima dele.

– E o esmagou? – gritou a viúva, com um estremecimento.

– Não – disse o homem. – Caiu atrás dele. Ele estava abaixo da superfície e não foi atingido. Trancou ele lá dentro. Parece que foi sufocado.

Elizabeth encolheu-se, retrocendendo. Ouviu a velha atrás de si gritando:

– O quê? O que foi que ele disse que aconteceu?

O homem respondeu mais alto:

– Foi sufocado!

Então a velha lamentou em voz alta, e isso aliviou Elizabeth.

– Ah, mãe – disse, tocando sobre a velha –, não acorde as crianças, não acorde as crianças.

Chorou um pouco, incerta, enquanto a velha se embalava e gemia. Elizabeth se lembrou de que eles o estavam trazendo para casa e ela devia se preparar. "Vão deixá-lo na sala", disse a si mesma, permanecendo por um momento pálida e perplexa.

Acendeu então uma vela e entrou no cômodo minúsculo. O ar estava frio e úmido, mas ela não podia fazer fogo, não havia lareira. Pousou a vela e olhou ao redor. A chama reluzia nos vidros brilhantes, nos dois vasos que continham alguns dos crisântemos cor-de-rosa e no mogno escuro. Havia um cheiro frio e fúnebre de crisântemos no cômodo. Elizabeth ficou olhando as flores. Virou-se para o outro lado e calculou se haveria espaço para deitá-lo no chão, entre o sofá e o aparador. Empurrou as cadeiras para o lado. Haveria espaço para deitá-lo e passarem em volta dele. Depois apanhou a velha toalha vermelha de mesa e outro pano usado, estendendo-os no chão para poupar seu carpete. Estremeceu ao sair da sala; então pegou uma camisa limpa da gaveta da cômoda e a estendeu em frente do fogo para arejar. Em todo esse tempo, sua sogra se embalava na cadeira e gemia.

– Você tem que sair daí, mãe – disse Elizabeth. – Eles vão trazê-lo. Venha com a cadeira.

A velha se levantou mecanicamente e sentou-se em frente ao fogo, continuando a lamentar. Elizabeth entrou na despensa para pegar outra vela e lá, na pequena cobertura sem azulejos, ouviu-os chegar. Permaneceu rígida na porta da despensa, à escuta. Ouviu-os passar pelos fundos da casa e descer desajeitadamente os três degraus, um emaranhado de passos misturados e vozes murmurantes. A velha estava em silêncio. Os homens estavam no quintal.

Então Elizabeth ouviu Matthews, o gerente da mina, dizer: – Você entra primeiro, Jim. Cuidado!

A porta se abriu e as duas mulheres viram um minerador adentrar a sala de costas, segurando a ponta de uma maca na qual podiam avistar as botas cheias de pregos do homem morto. Os dois carregadores estacaram, o homem que segurava à cabeça curvava-se sob a guarnição da porta.

– Onde vocês querem que deixe ele? – perguntou o gerente, um homem baixo de barba branca.

Elizabeth se levantou e veio da despensa carregando a vela apagada.

– Na sala – disse.

– Ali dentro, Jim! – apontou o gerente, e os carregadores avançaram de costas, contornando o cômodo minúsculo. O casaco com o qual tinham coberto o corpo caiu enquanto eles se viravam desajeitadamente entre as duas soleiras, e as mulheres viram seu homem, nu da cintura para cima, que jazia despido para o trabalho. A velha começou a gemer em uma voz baixa de horror.

– Deixe a maca de lado – interrompeu o gerente – e bote nele umas roupas. Cuidado agora, cuidado! Presta atenção você agora!

Um dos homens derrubara um vaso de crisântemos. Ele encarou incomodado, então colocaram a maca no chão. Elizabeth não olhou para o marido. Tão logo entrou no cômodo, foi recolher o vaso quebrado e as flores.

– Espere um minuto! – ela disse.

Os três homens esperaram em silêncio enquanto ela secava a água com um pano.

– É, que trabalho, que trabalho, com certeza! – o gerente dizia, esfregando a testa com preocupação e perplexidade. – Nunca vi uma coisa dessas na minha vida, nunca! Não tinha motivo para ele ter sido deixado. Nunca vi uma coisa dessas na minha vida! Caiu certinho sobre ele e trancou ele lá dentro. Não havia nem quatro pés de espaço; mesmo assim, mal o feriu.

Ele abaixou os olhos para o homem morto, deitado de bruços, seminu, todo sujo de pó de carvão.

– "Asfixiado", o médico disse. É o trabalho mais terrível que já vi. Parece que foi de propósito. Caiu certeiro sobre ele e trancou ele lá dentro, como uma ratoeira – ele fez um nítido gesto de queda com a mão.

Os mineradores à espera balançavam a cabeça em sinal de desapontamento.

O horror da coisa arrepiou todos eles.

Então ouviram a voz da garota lá de cima, estridente, chamando:

– Mãe, mãe, quem é? Mãe, quem é?

Elizabeth se apressou até o pé da escada e abriu a porta:

– Vá dormir! – ordenou abruptamente. – Por que é que está gritando? Vá já dormir, não aconteceu nada.

Então começou a subir a escada. Eles podiam ouvi-la nos patamares e no piso de gesso do quartinho. Podiam ouvi-la nitidamente:

– Qual o problema agora? Qual o problema com você, bobinha? – Sua voz estava agitada, com uma falsa ternura.

– Pensei que alguns homens tinham vindo – disse a voz melancólica da criança. – Ele chegou?

– Sim, o trouxeram. Não tem motivo para fazer alarde. Agora vá dormir, seja uma boa menina.

Podiam ouvir sua voz no quarto. Esperavam enquanto ela cobria a criança com a colcha.

– Ele está bêbado? – perguntou a garota tímida e sutilmente.

– Não! Não, ele não está! Ele... ele está dormindo.

– Está dormindo lá embaixo?

– Sim, e não faça barulho.

Houve silêncio por um momento, então os homens ouviram a criança amedrontada de novo:

– Que barulho é esse?

– Não é nada, eu garanto. Por que está tão preocupada?

O barulho era a avó gemendo. Estava alheia a tudo, sentada na cadeira de balanço e gemendo. O gerente pôs a mão no braço dela e lhe instou: *"ch, ch"*.

A velha abriu os olhos e o mirou. Estava em choque com a interrupção e parecia refletir.

– Que horas são? – a voz melancólica e aguda da criança, mergulhando infeliz no sono, fez uma última pergunta.

– Dez horas – respondeu a mãe, mais branda. Então deve ter se abaixado e beijado a criança.

Matthews fez um gesto para os homens irem embora. Puseram seus bonés e pegaram a maca. Dando passadas por cima do corpo, saíram da casa na ponta dos pés. Nenhum falou nada até que estivessem bem longe da criança vigilante.

Quando Elizabeth desceu, encontrou a mãe sozinha no chão da sala, inclinada sobre o homem morto, vertendo lágrimas em cima dele.

– Precisamos prepará-lo – disse a esposa. Ela botou a chaleira no fogo e, ao voltar, ajoelhou-se aos pés dele e começou a desfazer os nós dos cadarços de couro. O cômodo estava úmido e escuro com só uma vela, de modo que ela precisou abaixar o rosto quase até o chão. Por fim, tirou as botas pesadas, deixando-as de lado.

– Você tem que me ajudar agora – sussurrou para a velha. Juntas, despiram o homem.

Quando se levantaram e o viram deitado na ingênua dignidade da morte, viram-se presas de medo e respeito. Por um momento conservaram-se rígidas, olhando para baixo, a velha se lamentando. Elizabeth se sentiu contrariada. Ela o observou: como estava totalmente inviolável e absorto em si! Ela não tinha nada a ver com ele. Não podia aceitar isso. Inclinando-se, pousou a mão sobre ele, em súplica. Ainda estava morno, porque a mina onde morrera era quente. A mãe segurava o rosto dele entre as mãos e murmurava de maneira incoerente. As velhas lágrimas caíam sucessivamente como gotas de folhas molhadas; a mãe não chorava, somente suas lágrimas escoavam. Elizabeth, com a face e os lábios, tocou o corpo do marido. Ela parecia escutar, perguntar, tentar obter alguma conexão. Mas não conseguia. Era expulsa. Ele estava infecundo.

Ela se levantou, foi à cozinha, onde despejou água quente dentro de uma tigela, e trouxe sabão, flanela e uma toalha macia.

– Tenho que lavá-lo – disse.

Então a velha mãe se ergueu rígida e observou Elizabeth lavar cuidadosamente o rosto do marido, escovar cuidadosamente o longo e loiro bigode sobre sua boca com a flanela. Por estar atemorizada com um medo abismal é que ela o preparava. A velha, ciumenta, exclamou:

– Deixe-me limpá-lo! – e ajoelhou-se do outro lado, secando-o lentamente enquanto Elizabeth o lavava, com a grande touca preta roçando a cabeça negra da nora. Trabalharam assim em silêncio por um longo tempo. Nunca se esqueceram de que era a morte e o toque do corpo morto do homem que lhes provocavam emoções estranhas, diferentes em cada uma das mulheres; um grande pavor possuiu as duas, a mãe sentiu que uma notícia falsa fora dada a seu útero, e foi desmentida; a esposa sentiu a total solidão da alma humana, a criança dentro de si era um peso à parte.

Ao fim, estava terminado. Era um homem de corpo bonito e seu rosto não mostrava sinais de bebida. Era loiro, robusto, com belos membros. Mas estava morto.

– Abençoado seja – sussurrou a mãe, olhando sempre para o rosto dele e falando com puro terror. – Menino querido, abençoado seja! – Falava em um tímido e sibilante êxtase de medo e amor materno.

Elizabeth desabou novamente no chão e encostou o rosto contra o pescoço dele, estremecendo, até vacilar. Mas tinha de se afastar de novo. Ele estava morto e a carne viva dela não encontrava lugar junto à dele. Um grande pavor e cansaço a retinham: era tão inútil. Sua vida se passara assim.

– Ele é branco como leite, claro como um bebê de 12 meses, abençoado seja, meu querido! – A velha mãe murmurou para si mesma.

– Nenhuma cicatriz, claro, limpo e cândido, mais bonito do que qualquer criança – murmurou com orgulho. Elizabeth manteve o rosto escondido.

– Ele foi em paz, Lizzie, em paz como ao dormir. Ele não é bonito, o cordeiro? É, ele deve ter ficado em paz, Lizzie. Acontece que ele fez tudo certo, Lizzie, fechado lá dentro. Teve tempo. Não estaria assim se não tivesse ficado em paz. O cordeiro, o querido cordeiro. Ah, mas ele tinha uma risada calorosa. Eu amava ouvi-la. Ele tinha a risada mais calorosa, Lizzie, como a de um menino...

Elizabeth olhou para cima. A boca do homem estava caída para trás, ligeiramente aberta sob a cobertura do bigode. Os olhos, semicerrados, não pareciam reluzir na escuridão. A vida em sua combustão esfumaçada tinha se esvaído dele, tinha deixado-o de lado e absolutamente alheio a Elizabeth. E ela sabia quão estranho ele era para si. Em seu útero havia a gelidez do medo por causa deste estranho ser apartado dela com quem estivera vivendo como uma só carne. Era isso o que tudo significava – separação total e intacta, obscurecida pelo calor da vida? Com medo, voltou o rosto para o outro lado. O fato era muito fúnebre. Não houvera nada entre eles e ainda assim ficaram juntos, partilhando sua nudez repetidamente. A cada vez que ele a tomou, foram dois seres isolados, tão distantes como agora. Ele não era mais responsável do que ela. A criança era como gelo em seu útero. Porque, enquanto olhava para o homem morto, sua mente, fria e distraída, dizia com nitidez: "Quem sou eu? O que estive fazendo? Estive lutando com um marido que não existia. *Ele* existia o tempo todo. Que mal eu fiz? Com o que eu tenho vivido? Aí jaz a realidade, este homem". E sua alma morria dentro de si pelo medo: sabia que nunca o havia notado, ele nunca a havia notado, eles se encontraram no escuro e lutaram no escuro, sem saber com quem se encontraram e lutaram. E agora ela notava e ficava em silêncio ao notar. Porque esteve errada. Dissera que ele era algo que não era; sentira-se íntima dele. Ao passo que ele estava distante o tempo todo, vivendo como ela nunca viveu, sentindo como ela nunca sentiu.

Com medo e vergonha olhou para o corpo nu, que ilusoriamente havia conhecido. E ele era o pai de seus filhos. Sua alma estava cindida do corpo e permanecia apartada. Ela olhou para aquele corpo nu e envergonhou-se, como se o tivesse negado. Afinal, era aquilo mesmo. Parecia-lhe terrível. Olhou para o rosto dele e virou a própria face para a parede. Porque o olhar dele era diferente do dela, o jeito dele não era o jeito dela. Ela negara aquilo que ele era – percebia isso agora. Recusara-o tal como era. E isso havia sido a vida dela e a dele. Era grata à morte, que restaurou a verdade. E sabia que não estava morta.

E, em todo aquele tempo, seu coração explodia de tristeza e pena dele. O que ele sofrera? Que quinhão de horror para este homem desamparado! Estava rígida de agonia. Não fora capaz de ajudá-lo. Ele tinha sido cruelmente lesado, este homem nu, este outro ser, e ela não podia oferecer nenhuma reparação. Havia as crianças – mas as crianças pertenciam à vida. Este homem morto não tinha nada a ver com elas. Ele e ela eram somente canais através dos quais a vida fluíra para gerar as crianças. Ela era uma mãe – mas agora sabia como fora horrível ser uma esposa. E ele, agora morto, como deve ter se sentido horrível por ser um marido. Ela sentia que, no próximo mundo, ele seria um estranho para ela. Se eles se encontrassem lá, no além, ficariam somente envergonhados do que acontecera antes. As crianças haviam saído, por alguma misteriosa razão, de ambos. Mas as crianças não os uniram. Agora ele estava morto, ela sabia quão eternamente distante ele estava dela, quão eternamente ele não tinha mais nada a ver com ela. Via como encerrado esse episódio de sua vida. Haviam negado um ao outro em vida. Agora ele se retirara. Uma angústia a abateu. Então estava acabado: entre eles ficara impossível muito antes de ele morrer. Ainda assim, fora seu marido. Mas quão pouco!

– Você pegou a camisa dele, 'Lizabeth?

Elizabeth se virou sem responder, ainda que lutasse para chorar e se comportar como a sogra esperava. Mas não conseguiu, ficou em silêncio. Foi até a cozinha e voltou com a roupa.

– Está arejada – disse, ajeitando a camisa de algodão para vesti-lo. Estava quase envergonhada por manuseá-lo; que direito ela ou qualquer outro tinha de botar as mãos nele?; mas seu toque naquele corpo foi humilde. Foi um trabalho árduo vesti-lo. Estava tão pesado e inerte. Um terrível medo a acometeu por todo o instante: de que ele pudesse ser tão pesado e totalmente inerte, indiferente, distante. O horror da distância entre eles era quase demais para ela – uma lacuna tão infinita que ela deveria encarar.

Enfim, estava acabado. Cobriram-no com um lençol e o deixaram deitado com o rosto coberto. E ela trancou a porta da saleta para que as crianças não vissem o que jazia lá. Então, com a paz profundamente imersa em seu coração, cuidou de arrumar a cozinha. Sabia que se submetia à vida, sua senhora imediata. Mas da morte, seu senhor último, encolhia-se de medo e vergonha.

VOCÊ ME TOCOU

A POTTERY HOUSE ERA UMA CASA DE TIJOLOS feia e quadrada, cercada pelo muro que delimitava todo o terreno da própria olaria. Na verdade, uma cerca viva de ligustro escondia parcialmente a casa e seu terreno do quintal da fábrica de cerâmica e de suas instalações: mas só parcialmente. Através da cerca podiam ser vistos o quintal desolado e a fábrica de estilo industrial, com muitas janelas; por cima da cerca podiam ser vistas as chaminés e as latrinas. Mas do lado de dentro da cerca um jardim agradável e um gramado desciam até um lago cercado por salgueiros que um dia abastecera a fábrica.

A própria olaria estava agora fechada, as grandes portas do quintal permanentemente fechadas. Não havia mais os grandes caixotes com palha amarela à mostra, dispostos em pilhas no armazém. Não mais as carroças puxadas por grandes cavalos correndo colina abaixo com uma carga pesada. Não mais as operárias da cerâmica, com seus macacões tingidos de argila, seus rostos e cabelos respingados de lama cinza e rala, a gritar e traquinar com os homens. Tudo aquilo tinha acabado.

– Nós preferimos assim. Ah, preferimos, mais calmo – disse Matilda Rockley.

– Ah, sim – reforçou Emmie Rockley, sua irmã.

– Tenho certeza de que preferem – concordou o visitante.

Mas se as duas garotas Rockley preferiam de verdade ou só pensavam que sim é uma questão. Certamente suas vidas eram muito mais cinzentas e monótonas agora que a argila cinza havia parado de espirrar lama e cobrir de poeira as dependências. Elas não percebiam de fato como sentiam falta das moças gritando e vociferando, que conheciam desde sempre e tanto lhes desagradavam.

Matilda e Emmie já eram solteironas. Em um distrito completamente industrial, não é fácil para as garotas que têm expectativas acima do normal encontrar maridos. A cidade feia e industrial era cheia de homens, jovens que estavam prontos para casar. Mas todos eram mineiros ou operários da cerâmica, meros trabalhadores. As garotas Rockley teriam, cada uma, cerca de 10 mil libras quando o pai delas morresse: 10 mil libras advindas de imóveis rentáveis. Não era de se jogar fora: elas mesmas sabiam e evitaram jogar fora tamanha fortuna com qualquer membro do proletariado. Por consequência, uma vez que bancários, clérigos dissidentes ou até professores fracassaram em se aproximar, Matilda começou a desistir por completo da ideia de deixar algum dia a Pottery House.

Matilda era uma garota alta, magra, graciosa e loira, com um nariz bastante grande. Era a Maria para a Marta de Emmie: isto é, Matilda amava pintar, ouvir música e lia um bom número de romances, enquanto Emmie cuidava dos afazeres domésticos. Emmie era mais baixa, mais rechonchuda do que a irmã e não tinha nenhuma conquista. Admirava Matilda, cujo espírito era naturalmente refinado e sensível.

Do seu jeito calmo e melancólico, as duas garotas eram felizes. A mãe delas estava morta. O pai também estava enfermo. Era um homem inteligente que tivera alguma instrução, mas que preferiu permanecer como se fosse um só com o resto dos trabalhadores. Fora apaixonado por música e tocava violino muito bem. Mas agora estava envelhecendo, muito enfermo e morrendo de uma doença renal. Tinha sido de fato um ávido consumidor de uísque.

Essa calma família, com uma criada, vivia ano após ano na Pottery House. Amigos chegavam, as garotas saíam, o pai bebia e adoecia cada vez mais. Na rua lá fora havia um contínuo barulho de mineiros, seus cachorros e crianças. Mas do lado de dentro da fábrica de cerâmica restava uma calma desértica.

Com tudo isso, havia um pequeno senão. Ted Rockley, o pai das garotas, tivera quatro filhas e nenhum filho. Conforme suas garotas cresciam, ele se irritava por sempre estar em uma família de mulheres. Foi a Londres e adotou um garoto em uma instituição de caridade. Emmie tinha 14 anos e Matilda, 16, quando o pai chegou em casa com seu prodígio, o menino de 6 anos, Hadrian.

Hadrian era só um menino comum saído de uma instituição de caridade, de cabelos acastanhados comuns, olhos azulados comuns e com um sotaque *cockney** comum e acentuado. As garotas Rockley – havia três na casa no momento da chegada de Hadrian – se ressentiram por ele ter sido jogado em cima delas. O menino, com seu instinto observador de instituição de caridade, soube logo de início. Embora tivesse só 6 anos de idade, Hadrian tinha um olhar sutil, zombeteiro, quando se endereçava às três jovens. Elas insistiram que ele as chamasse de primas: prima Flora, prima Matilda, prima

---

* Dialeto inglês falado pelas classes populares trabalhadoras de Londres.

Emmie. Ele consentiu, mas parecia haver um ar de deboche em sua entonação.

As garotas, no entanto, eram bondosas por natureza. Flora se casou e saiu de casa. Hadrian fazia tudo do jeito que queria com Matilda e Emmie, embora elas fossem um tanto rígidas. Ele cresceu na Pottery House e ao redor das dependências da olaria, frequentou a escola primária e invariavelmente era chamado de Hadrian Rockley. Endereçava-se à prima Matilda e à prima Emmie com uma indiferença lacônica, era calmo e reservado a seu modo. As garotas o chamavam de dissimulado, mas isso era uma injustiça. Ele era somente cauteloso, desprovido de franqueza. Seu tio, Ted Rockley, o compreendia tacitamente, suas naturezas eram de algum modo afins. Hadrian e o velho tinham um apreço verdadeiro mas comedido um pelo outro.

Quando estava com 13 anos, o menino foi enviado ao liceu na capital do condado. Não gostou. Sua prima Matilda almejara fazer dele um pequeno cavalheiro, mas ele se recusava. Curvava ligeiramente o lábio, com desdém, e abria um riso forçado, tímido, de garoto de instituição de caridade, quando lhe era cobrado refinamento. Cabulou as aulas do liceu, vendeu seus livros, seu boné com o emblema da instituição, até mesmo seu cachecol e seu lenço de bolso aos colegas da escola, e foi tirar vantagem com o dinheiro Deus sabe onde. Assim ele passou dois anos muito insatisfatórios.

Aos 15 anos anunciou que queria deixar a Inglaterra e ir às Colônias. Mantivera contato com a instituição. Os Rockley sabiam que quando Hadrian fazia uma declaração, do seu jeito calmo e meio zombeteiro, era mais do que inútil confrontá-lo. Ao fim, portanto, o garoto partiu, indo para o Canadá sob a proteção da instituição à qual pertencera. Despediu-se dos Rockley sem uma palavra de agradecimento e pareceu deixá-los sem um pingo de emoção. Matilda e Emmie com frequência choravam ao pensar na maneira como ele as abandonara:

até mesmo no rosto do pai um olhar estranho surgiu. Mas Hadrian escreveu com bastante regularidade do Canadá. Entrara em alguma usina de eletricidade perto de Montreal e estava indo bem.

Por fim, veio a guerra. Hadrian, por sua vez, alistou-se e foi à Europa. Os Rockley não o viram em absoluto. Viviam da mesma forma, na Pottery House. Ted Rockley estava morrendo de um tipo de hidropisia e, do fundo de seu coração, queria ver o menino. Quando o armistício foi assinado, Hadrian recebeu uma longa licença e escreveu dizendo que estava retornando à Pottery House.

As garotas ficaram extremamente agitadas. Para falar a verdade, tinham um pouco de medo de Hadrian. Matilda, alta e magra, tinha saúde frágil e ambas as garotas estavam ocupadas cuidando do pai. Ter Hadrian, um jovem de 21 anos, com elas na casa, depois de tê-las abandonado tão friamente cinco anos antes, era uma circunstância desafiadora.

Estavam agitadas. Emmie convenceu o pai a colocar a própria cama na sala de café da manhã, no térreo, enquanto seu quarto lá em cima era preparado para Hadrian. Isso foi feito, e os preparativos para a chegada continuaram quando, às dez horas da manhã, o jovem de repente apareceu, de modo bastante inesperado. A prima Emmie, com os cabelos enrolados para cima em pequenos e ridículos bobes ao redor da testa, ocupava-se polindo os varões da escada, enquanto a prima Matilda, na cozinha, lavava com sabão os adornos da sala de estar, as mangas arregaçadas em seus braços finos e um lenço amarrado de forma curiosa e coquete ao redor da cabeça.

Prima Matilda ruborizou-se ao extremo de consternação quando o jovem confiante entrou com a mochila e pousou o boné sobre a máquina de costura. Era franzino e seguro de si, com um curioso asseio que ainda lembrava a instituição de caridade. Seu rosto era moreno, tinha um pequeno bigode e era bastante vigoroso em sua miudeza.

– *Bem*, é o Hadrian! – exclamou a prima Matilda, sacudindo a espuma da mão. – Não esperávamos que viesse antes de amanhã.

– Saí segunda à noite – disse Hadrian, olhando de relance o entorno da sala.

– Maravilha! – disse a prima Matilda. Então, depois de ter secado as mãos, ela avançou, estendeu a mão e perguntou: – Como vai?

– Muito bem, obrigado – disse Hadrian.

– Você está um homem e tanto – disse a prima Matilda.

Hadrian a olhou de relance. Ela não estava em sua melhor forma: tão magra, tão nariguda e com aquele lenço xadrez rosa e branco amarrado ao redor da cabeça. Ela sentiu estar em desvantagem. Mas tivera uma boa dose de sofrimento e tristeza, não mais se importava.

A criada entrou – a única que não conhecia Hadrian.

– Venha ver meu pai – disse a prima Matilda.

No saguão, surpreenderam a prima Emmie como se fosse um coelho na toca. Ela estava nos degraus empurrando os brilhantes varões da escada no lugar. Instintivamente, sua mão se dirigiu às pequenas pontas arredondadas do balaústre, a franja enrolada nos bobes sobre a testa.

– Ora! – exclamou, irritada. – Por que você veio hoje?

– Saí um dia antes – disse Hadrian, e sua voz masculina tão intensa e imprevisível foi como um golpe na prima Emmie.

– Bem, você nos pegou no meio disto – disse, ressentida. Então, todos os três foram ao quarto.

O sr. Rockley estava vestido – isto é, estava de calças e meias –, mas descansava na cama, montada exatamente abaixo da janela, de onde ele podia ver seu amado e resplandecente jardim, onde tulipas e macieiras reluziam. Não parecia tão enfermo como estava porque o acúmulo de água o intumescera e seu rosto mantivera a cor. Seu abdômen estava bastante inchado. Ele rapidamente olhou o entorno, virando os olhos sem virar a cabeça. Ele era os destroços de um homem bonito e robusto.

Ao ver Hadrian, um sorriso estranho, relutante, ganhou seu rosto. O jovem o cumprimentou acanhadamente.

– Você não daria um soldado da Guarda Real – disse. – Quer comer alguma coisa?

Hadrian olhou ao redor – como se procurasse a refeição.

– Pode ser – disse.

– O que vai querer: ovos e bacon? – perguntou Emmie de pronto.

– Sim, pode ser – disse Hadrian.

As irmãs desceram para a cozinha e mandaram a criada terminar de arrumar a escada.

– Ele não está *mudado*? – disse Matilda, *sotto voce*.

– Não é? – disse a prima Emmie. – Que homenzinho!

Ambas fizeram uma careta e riram alvoroçadas.

– Pegue a frigideira – disse Emmie a Matilda.

– Mas ele está mais pretensioso do que nunca – disse Matilda, estreitando os olhos e balançando a cabeça conscientemente, enquanto entregava a frigideira.

– Frangote! – disse Emmie com sarcasmo. A masculinidade florescente e arrogante de Hadrian evidentemente não era bem vista por ela.

– Ah, ele não é mau – disse Matilda. – Você não quer ser preconceituosa com ele.

– Não estou sendo preconceituosa com ele, acho que não há nada de errado com a aparência dele – disse Emmie –, mas é frangotinho demais.

– Imagina se nos surpreendem desse jeito – disse Matilda.

– Não fazem caso de nada – disse Emmie com desdém. – Vá se vestir, Matilda. Não me importo com ele. Posso providenciar as coisas e você pode conversar com ele. Eu não vou.

– Ele vai conversar com meu pai – disse Matilda enfaticamente.

– *Dissimulado!* – exclamou Emmie, com uma careta.

As irmãs acreditavam que Hadrian estava esperando conseguir alguma coisa do pai delas – esperando uma herança. E não tinham certeza alguma de que ele fracassaria.

Matilda subiu para se trocar. Havia planejado todo o modo como receberia Hadrian e o impressionaria. E ele a surpreendera com um lenço amarrado na cabeça e os braços finos em uma bacia com espuma. Mas ela não se importava. Vestiu-se agora da forma mais escrupulosa, prendeu cuidadosamente os cabelos longos, bonitos e loiros, aplicou um pouco de rouge em sua tez pálida e colocou seu longo cordão com requintadas contas de cristal sobre o vestido verde-água. Agora estava elegante, como uma heroína em uma ilustração de revista, e quase tão irreal.

Encontrou seu pai e Hadrian jogando conversa fora. O jovem, de regra, era de poucas palavras, mas conseguia soltar a língua com seu "tio". Estavam os dois bebendo uma taça de conhaque, fumando e batendo papo como dois velhos amigos. Hadrian contava sobre o Canadá. Estaria de volta quando sua licença terminasse.

– Então você não gostaria de se estabelecer na Inglaterra? – disse o sr. Rockley.

– Não, eu não me estabeleceria na Inglaterra – disse Hadrian.

– Por quê? Há um monte de eletricistas aqui – disse o sr. Rockley.

– Sim. Mas existe muita diferença entre os homens e os patrões por aqui, demais para mim – disse Hadrian.

O doente olhou para ele detidamente, com olhos curiosamente sorridentes.

– É isso, não é? – respondeu.

Matilda ouviu e compreendeu. "Então essa é sua grande ideia, não é, meu rapaz?", disse a si mesma. Sempre falara que Hadrian não tinha o devido *respeito* por ninguém nem por nada, era dissimulado e *comum*. Desceu para a cozinha para confabular *sotto voce* com Emmie.

– Tem uma autoestima fora do normal! – sussurrou.

– É uma figura, ele é! – disse Emmie com desdém.

– Acha que existe muita diferença entre os patrões e os homens por aqui – disse Matilda.

– É diferente no Canadá? – perguntou Emmie.

– Ah, sim. Democrático – respondeu Matilda. – Ele acha que todos estão no mesmo nível por lá.

– É, bem, agora ele está aqui – disse Emmie, áspera –, aí pode manter seu lugar.

Enquanto conversavam, viram o jovem passeando no jardim, olhando as flores fortuitamente. Tinha as mãos nos bolsos e o boné de soldado ajustado sobre a cabeça. Parecia bastante à vontade, como se sob controle. Agitadas, as duas mulheres o observavam da janela.

– Sabemos para que ele veio – disse Emmie descaradamente. Matilda olhou por muito tempo para a asseada figura cáqui. Ainda havia alguma coisa de menino da instituição de caridade nele; mas agora era uma figura de homem, lacônica, cheia de energia plebeia. Ela pensou no ardor sarcástico na voz de Hadrian enquanto ele discursava ao pai dela contra as classes abastadas.

– Você não sabe, Emmie. Talvez não tenha vindo por isso – repreendeu sua irmã. Ambas pensavam no dinheiro.

Ainda observavam o jovem soldado. Ele estava distante no meio do jardim, de costas para elas, as mãos nos bolsos, observando a água do lago cercado por salgueiros. Os olhos azul-escuros de Matilda possuíam uma aparência estranha e intensa, as pálpebras, deixando entrever as ligeiras veias azuis, eram bastante caídas. Tinha a cabeça erguida e iluminada, mas um olhar de dor. O jovem no meio do jardim virou-se e olhou por sobre o caminho. Talvez as tenha visto na janela. Matilda enfiou-se na sombra.

Naquela tarde, o pai delas pareceu fraco e enfermo. Ficava facilmente exausto. O médico chegou e contou a Matilda que o doente poderia morrer de repente, a qualquer momento – mas poderia ser que não. Elas deviam estar preparadas.

Assim se passaram os dias. Hadrian ficou à vontade na casa. Fazia suas atividades de manhã com sua camiseta marrom e calças cáqui, sem colarinho, o pescoço nu à mostra. Explorava as dependências da olaria como se tivesse um motivo secreto para tanto, conversava com o sr. Rockley quando o doente tinha forças. As duas garotas sempre se irritavam quando os homens se sentavam para conversar como dois amigos. Ainda assim, era principalmente sobre negócios e negociatas que conversavam.

No segundo dia após a chegada de Hadrian, Matilda ficou com seu pai à noite. Desenhava um quadro que queria copiar. A casa estava bastante tranquila, Hadrian havia ido a algum lugar, ninguém sabia aonde, e Emmie estava ocupada. O sr. Rockley se reclinou na cama, avistando em silêncio seu jardim iluminado pelo crepúsculo.

– Se alguma coisa acontecer comigo, Matilda – disse –, você não venderá esta casa, você ficará aqui.

Os olhos de Matilda pareciam um pouco abatidos enquanto ela encarava o pai.

– Bem, não poderíamos fazer outra coisa – disse.

– Você não sabe o que pode vir a fazer – disse ele. – Tudo foi deixado para você e para Emmie, igualmente. Faça o que quiser, só não venda esta casa, não se afaste dela.

– Não – disse.

– E dê a Hadrian meu relógio com corrente e 100 libras do dinheiro que está no banco. E o ajude se ele algum dia quiser ajuda. Eu não o incluí no testamento.

– Seu relógio com corrente e 100 libras. Sim. Mas você estará aqui quando ele retornar ao Canadá, pai.

– Nunca se sabe o que vai acontecer – disse o pai.

Matilda se sentou e o observou por um longo tempo, com os olhos intensos, abatidos, como em transe. Percebeu que ele sabia que partiria em breve – percebeu isso como uma clarividente.

Mais tarde, contou para Emmie o que o pai dissera sobre o relógio com corrente e o dinheiro.

– Que direito *ele* tem – *ele* referindo-se a Hadrian – ao relógio com corrente do meu pai? O que isso tem a ver com ele? Deixe-o pegar o dinheiro e ir embora – disse Emmie. Ela amava o pai.

Naquela noite Matilda ficou até tarde em seu quarto. Seu coração estava partido e aflito, sua mente parecia arrebatada. Estava arrebatada demais até para chorar e pensava em seu pai a todo instante, só em seu pai. Por fim, sentiu que precisava falar com ele.

Era quase meia-noite. Percorreu o corredor até o quarto dele. Havia uma luz fraca vinda da lua lá fora. Manteve-se alerta diante da porta.

Então a abriu com cuidado e entrou. O quarto estava ligeiramente escuro. Ouviu uma movimentação na cama.

– Está dormindo? – disse suavemente, avançando para o lado da cama. – Está dormindo? – repetiu carinhosamente, enquanto permanecia ao lado da cama. E esticou a mão no escuro para tocar-lhe a testa. Delicadamente, os dedos encontraram o nariz e a sobrancelha, ela pousou sua bela e delicada mão sobre a fronte dele. Parecia fresca e macia – muito fresca e macia. Uma espécie de espanto a agitou, em seu estado de arrebatamento. Mas isso não conseguiu despertá-la. Carinhosamente, inclinou-se por cima da cama e moveu seus dedos entre os curtos pelos da sobrancelha dele.

– Não está conseguindo dormir esta noite? – disse.

Houve uma agitação rápida na cama. "Sim, eu consigo", uma voz respondeu. Era a voz de Hadrian. Ela se sobressaltou. De pronto, foi acordada de seu transe noturno. Lembrou-se de que seu pai estava lá embaixo, de que Hadrian instalara-se no quarto do sr. Rockley. Permaneceu na escuridão como se abalada.

– É você, Hadrian? – perguntou. – Pensei que fosse meu pai. – Estava tão sobressaltada, tão chocada, que não podia se mover. O jovem deu um riso desconfortável e virou-se na cama.

Por fim, ela saiu do quarto. Quando retornou ao seu cômodo, à luz, com a porta fechada, manteve suspensa a mão que o tocara, como se estivesse ferida. Estava quase tão chocada a ponto de não conseguir suportar.

– Bem – disse sua mente calma e cansada –, foi só um erro, por que dar importância a isso?

Mas não podia racionalizar seus sentimentos tão facilmente. Sofria, sentindo-se em uma falsa situação. Sua mão direita, a qual pousara com tanto carinho no rosto dele, na pele fresca dele, agora doía, como se estivesse de fato machucada. Não podia perdoar Hadrian pelo erro: fizera com que ela desgostasse dele profundamente.

Hadrian também dormiu mal. Fora acordado pelo barulho da porta e não percebera o que a pergunta significava. Mas a macia e irradiante doçura da mão dela sobre seu rosto surpreendeu algo na sua alma. Era um menino criado em instituição de caridade, alheio e mais ou menos à margem. A perfeição frágil da carícia foi o que mais o surpreendeu e lhe revelou coisas desconhecidas.

Pela manhã, quando ela desceu a escada, pôde notar a consciência nos olhos dele. Tentou seguir como se absolutamente nada houvesse ocorrido, e conseguiu. Mantinha o autocontrole sereno, a autoabnegação de alguém que sofria e suportava seu sofrimento. Olhou para ele com seus olhos azul-escuros quase entorpecidos, encontrou a centelha de consciência no olhar dele e a extinguiu. E, com sua mão bela e longa, adoçou o café dele.

Mas não podia controlá-lo como pensava. Ele tinha uma aguçada lembrança fustigando sua mente, um novo conjunto de sensações ativas em sua consciência. Algo novo estava desperto nele. No fundo de sua mente discreta e resguardada, ele mantinha seu segredo vivo e intenso. Ela estava à sua mercê, porque ele era inescrupuloso, sua conduta não era a dela.

Olhou-a com curiosidade. Não era bonita, seu nariz era grande demais, o queixo era pequeno demais, o pescoço era magro demais. Mas sua pele era clara e bela e tinha uma sensibilidade de alta estirpe. Essa qualidade estranha, corajosa e de alta estirpe, ela partilhava com o pai. Isso o menino da instituição de caridade podia perceber nos dedos afunilados, que eram brancos e portavam anéis. A mesma elegância que ele percebia no velho ele agora via na mulher. E queria possuir aquilo para si mesmo, queria tornar-se dono daquilo. Enquanto se ocupava no quintal da velha olaria, sua mente sigilosa conspirava e trabalhava. Ser dono daquela delicadeza estranha e macia que sentira na mão dela sobre seu rosto – era esse o alvo ao qual se dirigia. Estava tramando em segredo.

Observava Matilda exercer suas atividades, e ela estava ciente da atenção dele, tal como uma sombra a segui-la. Mas o orgulho fê-la ignorá-lo. Quando ele passeava próximo, com as mãos nos bolsos, ela o acolhia com aquela mesma gentileza trivial que o dominava mais do que qualquer desdém. A alta estirpe de Matilda parecia controlá-lo. Sentia-se em relação a ele exatamente como sempre se sentira: ele era um jovem garoto que vivia com elas na casa, mas era um desconhecido. Só não ousava se lembrar do rosto dele sob sua mão. Ao se lembrar, desconcertava-se. Sua mão a ofendera, queria cortá-la. E queria, com todas as forças, arrancar dele a lembrança. Pressupôs que o fizera.

Um dia, quando ele se sentou para conversar com seu "tio", olhou direto nos olhos do doente e disse:

– Mas eu não gostaria de viver até a morte aqui em Rawsley.

– Não. Bem, você não precisa – afirmou o doente.

– Você acha que a prima Matilda gosta?

– Acho que sim.

– Não considero isso uma boa vida – disse o jovem. – Ela é quantos anos mais velha do que eu, tio?

O doente olhou o jovem soldado.

– Um bom tanto – disse ele.

– Mais de trinta? – disse Hadrian.

– Bem, não muito. Tem 32.

Hadrian refletiu por um instante.

– Não parece – disse.

O pai doente o olhou mais uma vez.

– Você acha que ela gostaria de ir embora? – perguntou Hadrian.

– Não, não sei – respondeu o pai, impaciente.

Hadrian estava sentado inerte, com seus pensamentos. Então disse em uma voz calma, como se falasse intimamente consigo mesmo:

– Eu me casaria com ela se você quisesse.

O doente de súbito levantou o olhar e o encarou. Encarou por um longo tempo. O jovem olhava inescrutavelmente pela janela.

– *Você!* – disse o doente, a zombar com certo desprezo. Hadrian se virou e encontrou os olhos dele. Os dois homens inexplicavelmente compreenderam.

– Se você não fosse contra – disse Hadrian.

– Não – disse o pai, desviando-se –, não acho que sou contra. Nunca pensei nisso. Mas... mas Emmie é a mais nova.

O rosto dele corara e, de repente, pareceu mais vivo. Em segredo, amava o garoto.

– Você pode perguntar a ela – disse Hadrian.

O velho refletiu.

– Não é melhor você mesmo perguntar? – ele disse.

– Ela lhe daria mais ouvidos – disse Hadrian.

Ambos ficaram em silêncio. Então Emmie entrou.

Por dois dias o sr. Rockley esteve agitado e pensativo. Hadrian ocupou-se com suas tarefas de maneira calma, sigilosa, conformada. Por fim, pai e filha ficaram a sós. Era manhã bem cedinho, o pai sentira muita dor.

Enquanto a dor abrandava, ele continuou inerte, refletindo.

– Matilda! – disse de repente, olhando para a filha.

– Sim, estou aqui – disse ela.

– É! Quero que faça uma coisa...

Ela se levantou antecipadamente.

– Não, fique sentada. Quero que se case com Hadrian...

Ela pensou que ele delirava. Levantou-se, confusa e assustada.

– Não, fique sentada, fique sentada. Escute o que eu lhe digo.

– Mas você não sabe o que está dizendo, pai.

– É, sei bem demais. Quero que se case com Hadrian, é o que eu digo.

Estava estarrecida. Ele era um homem de poucas palavras.

– Você vai fazer o que eu lhe digo – ele disse.

Ela o olhou demoradamente.

– O que lhe fez ficar com essa ideia na cabeça? – disse ela, altiva.

– Ele fez.

Matilda quase menosprezou o pai, seu orgulho estava tão ferido.

– Por quê? É vergonhoso – disse ela.

– Por quê?

Ela o observou demoradamente.

– O que você está me pedindo? – disse ela. – É asqueroso.

– O rapaz parece bom o bastante – ele respondeu, irritado.

– É melhor que você diga a ele para se afastar – ela disse friamente.

Ele se virou e olhou pela janela. Matilda sentou-se ereta e ruborizada por um longo tempo. Por fim, o pai se voltou para ela, com um aspecto bastante maldoso.

– Se não se casar – disse ele –, é uma boba, e eu vou fazer você pagar por sua estupidez, entende?

De repente, um medo atroz a dominou. Não podia acreditar em seu juízo. Estava confusa e desconcertada. Encarou o pai, acreditando que ele estivesse louco, bêbado ou a delirar. O que ela podia fazer?

– Estou lhe dizendo – ele disse. – Vou chamar o Whittle amanhã se você não se casar. Nenhuma das duas vai ter nada meu.

Whittle era o advogado. Ela entendeu muito bem o pai: ele chamaria o advogado e faria um testamento deixando todos os seus bens a Hadrian: nem ela nem Emmie teriam direito a nada. Era demais. Ela levantou-se e saiu do cômodo, subindo para seu quarto, onde se trancou.

Não saiu de lá por algumas horas. Por fim, tarde da noite, contou a Emmie.

– É um diabo dissimulado, quer o dinheiro – disse Emmie. – Meu pai está fora de si.

Imaginar que Hadrian queria somente o dinheiro era mais um choque para Matilda. Não amava o jovem incorrigível – mas ainda não tinha aprendido a pensar nele como uma coisa diabólica. Agora ele se tornava monstruoso na mente dela.

Emmie teve uma pequena discussão com o pai no dia seguinte.

– Você não falou a sério com a Matilda ontem, não foi, pai? – perguntou, agressiva.

– Sim – ele respondeu.

– Então vai mudar o testamento?

– Sim.

– Não vai – disse a filha, furiosa.

Mas ele olhou para ela com um sorrisinho maldoso.

– Annie! – ele gritou. – Annie!

Ainda tinha o poder de fazer sua voz se propagar. A criada veio da cozinha.

– Arrume suas coisas e vá para o escritório de Whittle, diga que eu quero ver o sr. Whittle assim que puder e que ele deve trazer um formulário de testamento.

O doente recostou-se um pouco – não conseguia se deitar. Sua filha estava sentada como se tivesse sofrido um golpe. Depois saiu da sala.

Hadrian perambulava pelo jardim. Ela foi direto até ele.

– Olha – disse. – É melhor você ir embora. É melhor você pegar suas coisas e sair rápido daqui.

Hadrian olhou com vagar a garota enfurecida.

– Quem disse? – perguntou.

– *Nós* dizemos. Vá embora, você já fez bastante mal e estrago.

– O tio acha isso?

– Sim, ele acha.

– Eu vou perguntar para ele.

Mas, num furor, Emmie barrou-lhe o caminho.

– Não, não precisa. Não precisa perguntar absolutamente nada para ele. Nós não queremos você, então pode ir.

– O tio é quem manda aqui.

– Um homem que está morrendo, e você se rastejando por aí e manipulando-o por causa de dinheiro! Você não merece viver.

– Ah! – ele disse. – Quem disse que eu o estou manipulando por dinheiro?

– Eu digo. Mas meu pai contou a Matilda, e *ela* sabe o que você é. *Ela s*abe o que você quer. Portanto, é melhor dar no pé, é tudo o que vai ter... vagabundo!

Ele lhe voltou as costas, para pensar. Não lhe tinha ocorrido que pensariam que ele estava correndo atrás do dinheiro. *De fato* queria o dinheiro – e como. Como queria ser ele mesmo um patrão, não um dos empregados. Mas sabia, de seu jeito sutil e calculista, que não era por dinheiro que queria Matilda. Queria ambos, o dinheiro e Matilda. Mas disse a si mesmo que os dois desejos eram dissociados, não um só. Não poderia ter Matilda *sem* o dinheiro. Mas não a queria *pelo* dinheiro.

Quando esclareceu isso em sua mente, procurou uma oportunidade para contar a ela, observando de tocaia. Mas ela o evitou. À noite, o advogado chegou. O sr. Rockley pareceu ter um novo acesso de força – um testamento foi redigido, impondo condições a todos os arranjos anteriores. O testamento anterior se manteria caso Matilda consentisse em se casar com Hadrian. Caso ela se recusasse, ao fim de seis meses toda a propriedade seria passada para Hadrian.

O sr. Rockley contou isso ao jovem com uma satisfação maldosa. Parecia nutrir um desejo insólito, bastante desproposital, por vingança contra as mulheres que por tanto tempo haviam cuidado dele e lhe servido de forma tão atenciosa.

– Conte para ela na minha frente – disse Hadrian.

Então o sr. Rockley chamou as filhas.

Por fim, elas chegaram, pálidas, mudas, teimosas. Matilda parecia estar bem longe e Emmie parecia um lutador pronto para lutar até a morte. O doente reclinou-se na cama, os olhos brilhantes e as mãos inchadas a tremer. Mas seu rosto tinha novamente algo da antiga e radiante beleza. Hadrian estava sentado em silêncio, um pouco à parte: o indomável, o perigoso menino da instituição de caridade.

– Aqui está o testamento – disse o pai, apontando o documento a eles.

As duas mulheres, sentadas, mudas e imóveis, não prestavam atenção.

– Ou você se casa com Hadrian ou ele fica com tudo – afirmou o pai, satisfeito.

– Então ele pode ficar com tudo – disse Matilda com coragem.

– Ele não! Ele não! – gritou Emmie, agressiva. – Ele não vai herdar. O vagabundo!

Um olhar de diversão surgiu no rosto do pai.

– Ouviu isso, Hadrian? – ele perguntou.

– Não pedi a prima Matilda em casamento pelo dinheiro – disse Hadrian, ruborizado e inquieto em seu assento.

Matilda o olhou demoradamente, com seus olhos azul-escuros e entorpecidos. Ele lhe parecia um monstrinho estranho.

– Ora, seu mentiroso, você sabe que foi – exclamou Emmie.

O doente riu. Matilda continuou a mirar o jovem misteriosamente.

– Ela sabe que não – disse Hadrian.

Ele também era corajoso, como um rato é corajosamente indomável ao final. Hadrian tinha algo do asseio, da reserva e da qualidade subterrânea do rato. Mas talvez tivesse a coragem final, a mais insaciável das coragens.

Emmie olhou para a irmã.

– Ah, bem – disse. – Não se preocupe, Matilda. Deixe ele ficar com tudo, podemos cuidar de nós mesmas.

– Sei que ele vai ter tudo – disse Matilda, distraída.

Hadrian não respondeu. Sabia de fato que, se Matilda o rejeitasse, ele ficaria com tudo e iria embora.

– Um frangotinho esperto! – disse Emmie, fazendo uma careta de zombaria.

O pai riu silenciosamente consigo mesmo. Mas estava cansado...

– Então vá em frente – ele disse. – Vá em frente, me deixe em paz.

Emmie se virou e olhou para ele.

– Você tem o que merece – disse a seu pai, áspera.

– Vá em frente – ele respondeu, calmo. – Vá em frente.

Outra noite se passou – uma enfermeira de plantão noturno cuidou do sr. Rockley. Chegou o dia seguinte. Hadrian estava lá como sempre, em sua malha de lã, grossas calças cáqui e pescoço nu. Matilda ocupava-se com suas atividades, frágil e distante, Emmie estava com o cenho ensombrecido a despeito dos cabelos claros. Todos estavam em silêncio porque não tencionavam que a perplexa criada soubesse de alguma coisa.

O sr. Rockley teve ataques de dor muito graves, não podia respirar. O fim parecia próximo. Todos eles faziam suas atividades de modo estoico e em silêncio, todos inabaláveis. Hadrian refletia consigo mesmo. Se não se casasse com Matilda, poderia partir para o Canadá com 20 mil libras. Isso era por si só uma hipótese bastante satisfatória. Se Matilda o aceitasse, ele não ficaria com nada – ela teria o próprio dinheiro.

Foi Emmie quem agiu. Saiu em busca do advogado e o levou para casa consigo. Houve uma reunião e Whittle tentou intimidar o jovem a retirar-se – mas sem sucesso. O clérigo e os familiares foram convocados – mas Hadrian os encarou e não fez caso. Ficou, no entanto, furioso.

Queria apanhar Matilda sozinha. Muitos dias se passaram e ele não teve êxito: ela o evitava. Por fim, à espreita, ele a surpreendeu um dia quando ela ia colher groselhas, e acabou com o seu isolamento. Foi direto ao ponto.

– Então você não me quer? – perguntou, em sua voz sutil e insinuante.

– Não quero falar com você – disse ela, desviando o rosto.

– No entanto, você pôs a mão sobre mim – disse ele. – Não devia ter feito aquilo, e então eu nunca pensaria nisso. Não devia ter me tocado.

– Se você fosse ao menos digno, saberia que aquilo foi um engano e esqueceria – disse ela.

– Sei que foi um engano, mas não vou esquecer. Se você acorda um homem, ele não pode voltar a dormir porque alguém lhe pede isso.

– Se tivesse algum sentimento digno, teria ido embora – ela respondeu.

– Não queria – ele respondeu.

Ela desviou o olhar para longe. Por fim, perguntou:

– Por que você me persegue, se não é pelo dinheiro? Tenho idade suficiente para ser sua mãe. De certo modo, fui sua mãe.

– Não importa – disse ele. – Você não foi uma mãe para mim. Vamos casar e ir para o Canadá. Você também pode. Você me tocou.

Ela estava pálida e tremia. De repente, corou de raiva.

– É tão *indecente* – disse.

– Por quê? – retorquiu ele. – Você me tocou.

Mas ela se afastou dele. Sentiu como se ele

a houvesse enredado. Hadrian estava furioso e triste, sentia-se desprezado novamente.

Naquela mesma noite, ela foi ao quarto do pai.

– Sim – disse de súbito. – Casarei com ele.

O pai levantou o olhar até ela. Estava com dor e muito enfermo.

– Gosta dele agora, não é? – disse, com um leve sorriso.

Ela abaixou o olhar em direção ao rosto do pai e viu que a morte não estava distante. Virou-se e saiu abruptamente do quarto.

O advogado foi chamado, os preparativos foram feitos às pressas. Em todo esse ínterim Matilda não falou com Hadrian nem nunca lhe respondeu quando ele a abordou. Ele se aproximou pela manhã.

– Então você mudou de ideia? – perguntou, olhando-a satisfeito, com seus olhos quase amáveis e cintilantes. Ela rebaixou o olhar até ele e voltou-lhe as costas. Rebaixava-o de forma tanto literal como figurada. Ainda assim, ele persistiu, e triunfou.

    Emmie delirou e chorou, o segredo se difundiu. Mas Matilda ficou em silêncio e imóvel, Hadrian estava quieto, contente e também consumido pelo medo. Mas resistia ao medo. O sr. Rockley estava bastante enfermo, mas estável.

    No terceiro dia realizou-se o casamento. Matilda e Hadrian dirigiram-se do cartório direto para casa e encaminharam-se direto para o quarto do moribundo. Seu rosto se acendeu com um nítido e cintilante sorriso.

    – Hadrian, você a tomou? – perguntou, um pouco rouco.

    – Sim – respondeu Hadrian, que estava pálido como um papel.

    – É, meu rapaz, fico feliz que você seja dos meus – respondeu o moribundo. Então voltou os olhos atentamente para Matilda.

    – Deixe-me olhar para você, Matilda – ele disse. E sua voz tornou-se estranha e irreconhecível. – Me dê um beijo – disse.

Ela se abaixou e o beijou. Nunca o havia beijado antes, não desde quando era pequenina. Mas estava quieta, muito rígida.

– Dê um beijo nele – disse o moribundo.

Obediente, Matilda levou sua boca à frente e beijou o jovem marido.

– Isso mesmo! Isso mesmo! – murmurou o moribundo.

FANNY E ANNIE

CORADO E FLAMEJANTE ESTAVA O ROSTO DELE quando se virou em meio ao aglomerado de faces inflamadas e sombrias acima da plataforma. Na luz do alto-forno, ela avistou seu semblante à deriva, como um pedaço de fogo a flutuar. E a nostalgia, a condenação do retorno a casa corria pelas veias dela como uma droga. O rosto dele imortal, agora inflamado! A pulsação do fogo escarlate seguida pela escuridão saída dos grandes altos-fornos, iluminando a apática multidão industrial no caminho da parada do trem, aclarava-o e se esvanecia.

Evidentemente, ele não a viu. Inflamado e distraído! Sempre o mesmo, com suas sobrancelhas unidas, o boné vulgar e o lenço vermelho e preto amarrado ao redor do pescoço. Nem mesmo um colarinho para encontrá-la! As chamas tinham baixado, havia sombras.

Ela abriu a porta de seu encardido vagão de linha secundária e começou a retirar as bolsas. O carregador tinha sumido, é claro, mas lá estava Harry, despercebido, à margem da pequena multidão, sentindo a falta dela, é claro.

– Aqui! Harry! – chamou, acenando com a sombrinha no crepúsculo. Ele se apressou à frente.

– Você veio, não foi? – disse, em uma espécie de boas-vindas animada. Ela desceu, bastante alvoroçada, e deu-lhe um beijinho.

– Duas malas! – ela disse.

A alma de Fanny gemeu por dentro, conforme ele escalava o vagão em busca das bolsas. Do alto-forno atrás da estação, o fogo subia disparado no céu crepuscular. Ela sentiu a chama rubra atravessar seu rosto. Havia voltado, havia voltado para sempre. E seu espírito gemia desoladamente. Não tinha certeza se aguentaria.

Lá, na pequena e sórdida estação sob os altos-fornos, ela se mantinha altiva e distinta em seu casaco e saia bem cortados e um amplo chapéu cinza aveludado. Segurava a sombrinha, o *chatelaine** de contas e uma malinha de couro nas mãos cobertas por luvas cinza, ao passo que Harry cambaleava ao sair com as bolsas do feio trenzinho.

– Há um baú lá atrás – disse ela, em seu tom de voz vivo. Mas não se sentia viva. Os dois cones negros e idênticos da fundição de ferro jorravam chamas até o céu noite adentro. Toda a cena era fulgurante. O trem esperou de bom grado. Esperaria mais dez minutos. Ela sabia. Tudo era tão fatalmente familiar.

Vamos confessar isso de uma vez. Ela era uma governanta de 30 anos que voltava para se casar com seu primeiro amor, um operário de fundição – após embromá-lo, em idas e vindas, por doze anos. Por que voltara? Será que o amava? Não. Não o fingia. Havia amado seu brilhante e ambicioso primo, que a rejeitara, e que morrera. Tinha tido outros relacionamentos

---

* Broche utilizado na cintura, com diversas correntes para carregar utilidades domésticas, muito popular na Inglaterra até meados do século XX.

que não deram em nada. Então aqui estava ela, repentinamente de volta para se casar com seu primeiro amor, que esperara – ou permanecera solteiro – por todos esses anos.

– O carregador não pegará aquelas? – disse, conforme Harry avançava com seu passo de operário pela plataforma em direção ao vagão de freio.

– Eu dou conta – disse ele.

E com sua sombrinha, seu *chatelaine* e sua malinha de couro, ela o seguiu.

O baú estava lá.

– Vamos pegar a carroça de verduras de Heather para levá-lo – disse ele.

– Não há um carro de aluguel? – disse Fanny, bastante desolada por saber que não havia.

– Eu só vou colocar ao lado do caça-níquel e a carroça do Heather virá buscá-lo por volta das oito e meia – disse ele.

Ele pegou a caixa pelas duas alças e cambaleou pela passagem de nível, batendo-a em suas pernas enquanto meneava. Então a largou perto da máquina de doces.

– Vai ficar segura aqui? – disse ela.

– Vai, segura que nem as casas no asfalto – respondeu ele. Ele retornou para pegar as duas malas. Assim carregados, começaram a arrastar-se colina acima, sob o negro, imponente e extenso edifício de fundição. Ela andava ao lado dele – operário dos operários como era, andando a passos lentos com aquela bagagem. As luzes vermelhas flamejavam sobre a escuridão que se adensava. Da fundição vinha o horrível e moroso "tim, tim, tim" do ferro, um barulho enorme, com um intervalo longo o bastante para torná-lo insuportável.

Compare isso com a chegada a Gloucester: a carruagem para sua senhora, o *dog-cart*[*] para ela mesma com a bagagem; o passeio ao longo do rio, as árvores agradáveis na calçada, e ela sentada ao lado de Arthur, todos tão educados consigo.

[*] Docar; pequena viatura puxada por um cavalo, com duas rodas altas e equipada com uma cesta para acomodar os cães de caça.

Havia voltado para casa de vez! Seu coração quase parou enquanto se arrastava na subida daquela hedionda e interminável colina ao lado do sujeito carregado. Que decadência! Que decadência! Ela não podia aguentar, com sua vivaz alegria de costume. Conhecia tudo tão bem. É fácil suportar o insólito, não a familiaridade fatal de um passado velho e adormecido!

Ele largou as malas ao lado de um poste de luz, para descansar. Lá ficaram os dois, à luz da lâmpada. Transeuntes a encaravam e desejavam boa-noite a Harry. Mal a conheciam, havia se tornado uma estranha.

– São muito pesadas para você, deixe-me carregar uma – disse ela.

– Começam a pesar um pouco quando você completa a primeira milha – respondeu.

– Deixe-me carregar a pequena – ela insistiu.

– Pode ficar com ela um minuto, se quiser – disse ele, entregando a valise.

E assim chegaram às ruas comerciais da feia cidadezinha no topo da colina. Como todos a encaravam – palavra, como encaravam! E o cinema acabava de abrir as portas, e as filas preenchiam a estrada até a esquina. E todos a observavam dos pés à cabeça. "Boa noite, Harry!", gritavam os colegas com voz de curiosidade.

Chegaram, no entanto, à casa da tia de Fanny: uma vendinha de balas numa rua lateral. Tocaram o sino da porta e ela veio correndo da cozinha.

– Aí está você, pequena! Morrendo por uma xícara de chá, tenho certeza. Como vai?

A tia de Fanny deu-lhe um beijo e era tudo o que Fanny podia fazer para evitar irromper em lágrimas, sentia-se tão deprimida. Talvez quisesse um chá.

– Você teve que arrastar essa bagagem – disse a tia de Fanny a Harry.

– É, não me arrependo de ter largado ela – disse, olhando sua mão, que estava esmagada e contraída por carregar a bolsa.

Então partiu para saber da carroça de verdura de Heather.

Quando Fanny se sentou para o chá, sua tia, uma mulherzinha grisalha de rosto cândido, observou a sobrinha com uma admiração profunda, sentindo-se amargamente triste por ela. Porque Fanny era bonita: alta, esbelta, bem corada, com seu nariz empinado e delicado, cabelos vigorosos e castanhos e seus grandes e reluzentes olhos cinza. Uma mulher passional – uma mulher a se temer. Tão orgulhosa, tão visceralmente feroz! Vinha de uma raça feroz.

Era preciso ser mulher para ter-lhe simpatia. Os homens não tinham coragem. Pobre Fanny! Era uma dama e tanto, e tão reta e formidável. E ainda assim tudo parecia abatê-la. Parecia estar condenada à humilhação e à desilusão para todo o sempre essa mulher bela, brilhante e sensível, de riso tenso e nervoso.

– Então você realmente voltou, pequena? – disse a tia.

– Voltei mesmo, tia – disse Fanny.

– Pobre Harry! Sabe, Fanny, será que você não está tirando um pouco de vantagem dele?

– Ah, tia, ele esperou tanto que bem pode ter aquilo pelo que ansiou – Fanny riu de modo sombrio.

– Sim, pequena, esperou tanto que eu não tenho certeza de que isso não seja um pouco duro para ele. Sabe, eu gosto dele, Fanny, embora, como você sabe muito bem, não ache que ele seja bom o bastante para você. E acho que ele mesmo pensa assim, pobre rapaz.

– Não tenha tanta certeza disso, tia. Harry é vulgar, mas não é humilde. Não acharia a rainha nem um pouco superior a ele, caso a quisesse.

– Bem, é como se ele também tivesse uma boa opinião sobre si mesmo.

– Depende do que você chama de boa – disse Fanny. – Mas ele tem seus pontos positivos...

– Ah, é um belo rapaz e eu gosto dele, gosto mesmo. Só que, como digo, não é bom o bastante para você.

– Já me decidi, tia – disse Fanny de modo sombrio.

– Sim – refletiu a tia. – Dizem que tudo chega àquele que espera...

– Mais do que ele pensou que fosse receber, né, tia? – Fanny riu, bastante amargurada.

Pobre tia, essa amargura a deixava triste pela sobrinha.

Foram interrompidas pelo tilintar do sino da loja e pelo anúncio de Harry: "Certo!". Mas como ele não entrou de pronto, Fanny se levantou e adentrou a loja, aparentemente se sentindo prestativa com ele naquele momento. Viu uma carroça lá fora e foi até a porta.

E no momento em que parou na soleira ouviu uma voz vituperiosa de mulher a gritar, vindo da escuridão do outro lado da estrada:

– Você taí, né? Vou fazer você passar vergonha, senhor. Vou fazer você passar vergonha, pode apostar que eu vou.

Espantada, Fanny lançou-se na escuridão e viu uma mulher com uma touca preta, embaixo de uma das lâmpadas, indo em direção à rua lateral.

Harry e Bill Heather tinham arrastado o baú para fora da carroça, e ela se afastou da frente deles enquanto subiam o degrau da loja.

– Onde a gente põe? – perguntou Harry.

– Melhor levá-lo lá para cima – disse Fanny.

Ela subiu na frente para acender as luzes a gás.

Quando Heather saíra de vista e Harry estava sentado servindo-se de chá e torta de carne, Fanny perguntou:

– Quem era aquela mulher gritando?

– Não sei te dizer. Alguém, acho – replicou Harry. Fanny olhou para ele, mas não perguntou mais nada.

Era um rapaz loiro de 32 anos, com um bigode loiro. Era rude no falar e parecia um operário de fundição, coisa que era. Mas as mulheres sempre gostaram dele. Havia alguma coisa de "o tesouro da mamãe" nele – algo caloroso, divertido e realmente sensível.

Tinha atrativos até mesmo para Fanny. O que a revoltava tão amargamente era o fato de ele não possuir nenhum tipo de ambição. Era um moldador, mas de habilidade muito mediana. Tinha 32 anos e não poupara 20 libras. Ela teria de prover o dinheiro para a casa. Ele não se importava. Simplesmente não se importava. Não tinha iniciativa alguma. Não tinha vícios – nenhum perceptível. Mas era apenas indiferente, vivendo dessa forma sem se importar. Ainda assim, não parecia feliz. Ela se lembrava do rosto dele na incandescência do fogo: havia nele algo de fantasmagórico, de abstrato. Enquanto estava lá sentado comendo sua torta de carne, dilatando a bochecha, Fanny sentiu que ele era como uma sina para ela. E se enfureceu com a maldição de ficar com ele. Não por ser bruto. Seu jeito era vulgar, quase de propósito. Mas ele mesmo não era de fato vulgar. A comida, por exemplo, não tinha particularmente tanta importância para ele, não era guloso. Possuía certo charme também, em especial para as mulheres, com sua loirice, sensibilidade e o jeito como fazia uma mulher se sentir um ser superior. Mas Fanny o conhecia, conhecia a obstinada e peculiar limitação dele, que quase a deixaria louca.

Ele ficou até quase nove e meia. Ela o acompanhou à porta.

– Quando você vai lá? – ele perguntou, balançando a cabeça provavelmente na direção de sua casa.

– Irei amanhã à tarde – disse ela, vivaz. Obviamente não havia entre Fanny e a sra. Goodall, a mãe dele, nenhum caso de amor louco.

De novo ela lhe deu um beijinho desajeitado e desejou boa-noite.

– Você não pode se espantar, sabe, se ele não parece tão interessado – disse a tia. – É culpa sua.

– Ah, tia, eu não o aguentava quando estava interessado. Posso lidar muito melhor com ele do jeito que está.

As duas mulheres se sentaram e conversaram noite adentro. Compreendiam uma à outra. A tia também se casara como Fanny: com um homem que não lhe era companheiro, um homem violento, irmão do pai de Fanny. Ele estava morto, o pai de Fanny estava morto.

Pobre tia Lizzie, que se lamentou tristemente por sua vivaz sobrinha, quando foi dormir.

Fanny cumpriu a promessa de visitar a família dele na tarde seguinte. A sra. Goodall era uma mulher grande de cabelo liso repartido ao meio, uma mulher vulgar, obstinada, que mimara seus quatro filhos e a megera de sua filha casada. Era uma daquelas naturezas antiquadas e poderosas que não gostavam de instrução, aparência ou qualquer forma de ostentação. Odiava consideravelmente o som do inglês correto. Tratava sua futura nora por "tu" e "ti", e disse:

– Não sou tão desleixada quanto pareço, viu?

Fanny não achou que sua futura sogra parecia de forma alguma desleixada, de modo que a fala foi desnecessária.

– Eu mesma falei pra ele – disse a sra. Goodall –, ela te enrolou esse tempo todo, deixa ela pra lá. Ele não ia ter nada contigo se fosse por mim, viu? Não, ele é um abobado, e eu sei. Eu falo pra ele: "Cê acha que é homem, né, nessa idade, se engraçando com ela assim que ela te chama no portão depois de flertar por aí sempre que quis. Isso parece coisa de molenga, não é normal". Mas não adianta falar: ele respondeu aquela tua carta e fez seu próprio e péssimo negócio.

Mas, a despeito da raiva da velha, ela também estava lisonjeada por Fanny ter voltado para Harry. Pois a sra. Goodall estava impressionada com Fanny – uma mulher à sua altura. E, mais do que isso, todos sabiam que a tia de Fanny, Kate, deixara-lhe 200 libras – isso fora as economias da moça.

Então havia mesa de chá na rua Princes quando Harry voltou para casa, negro do trabalho, e um odor bastante ácido de cordialidade, com a megera Jinny se infiltrando para dizer vulgaridades. É claro que Jinny vivia numa casa cujo quintal encontrava o do pai de Harry. Eram um clã que permanecia unido, esses Goodall.

Ficou combinado que Fanny deveria voltar ao chá no domingo, e o casamento foi debatido. Seria realizado em quinze dias, na capela de Morley. Morley era uma pequena vila na fronteira com o campo, e foi em sua capelinha congregacional que Fanny e Harry se conheceram.

Que criatura de hábitos ele era! Ainda frequentava o coro da capela de Morley – não com muita assiduidade. Integrava-o só porque tinha voz de tenor e gostava de cantar. Na verdade, seus solos eram condenados somente à fama local porque, quando cantava, lidava com seus "erres" de forma bastante irreparável.

E vi o céu aberrto
e eis um cavalo brranco

Esse era um dos clássicos de Harry, apenas superado pela bela explosão de seus celestes:

Anjos – sempre radiantes e arrvos

Uma lástima, mas era imutável. Tinha uma voz bonita e cantava com uma espécie de fogo lacerante, mas sua pronúncia tornava tudo cômico. E *nada* o faria mudar.

Então ele nunca foi ouvido, exceto em concertos baratos e nas pequenas e mais pobres capelas. As outras o ridicularizavam.

Agora era o mês de setembro, e domingo seria o Festival da Colheita na capela de Morley e Harry cantaria solos. De modo que Fanny ficou de ir ao culto, depois voltaria para casa para um farto chá de domingo com ele. Pobre Fanny! Uma das tardes mais maravilhosas tinha sido um culto de domingo à tarde, com o primo Luther a seu lado, no Festival de Colheita na capela de Morley. Harry cantara solos na época – há dez anos. Lembrou-se da gravata azul-clara dele, das ásteres púrpuras e das enormes abobrinhas que o emolduravam, e do primo Luther ao lado dela, jovem, inteligente, vindo de Londres, onde estava vivendo bem, aprendendo latim, francês e alemão de forma tão brilhante.

No entanto, era mais uma vez o Festival da Colheita na capela de Morley e, mais uma vez, assim como há dez anos, um suave e impressionante dia de setembro, com as últimas rosas cor-de-rosa nos jardins da choupana, as últimas dálias carmim e os últimos girassóis amarelos. E, mais uma vez, a pequena e velha capela era um caramanchão, com os famosos feixes de milho e pilares de milho trançado, os grandes cachos de uva suspensos dos cantos do púlpito como pingentes, as abobrinhas, batatas, peras, maçãs e ameixas, as ásteres púrpuras e os girassóis-japoneses amarelos. Tal como antes, as dálias vermelhas ao redor dos pilares caíam tombando por entre a aveia. O lugar estava lotado e quente, os ramos de tomate pareciam perigosamente equilibrados na galeria defronte, o reverendo Enderby estava mais estranho do que nunca de se ver, tão comprido, emaciado e careca.

O reverendo Enderby, supostamente prevenido, foi cumprimentá-la e dar-lhe as boas-

-vindas em sua melancólica prosódia do norte, antes de subir no púlpito. Fanny estava bonita em um vestido vaporoso e um belo chapéu rendado. Um pouco atrasada, sentou-se numa cadeira na nave lateral, bem em frente à capela. Harry estava na galeria superior e ela só podia vê-lo dos olhos para cima. Notou como as sobrancelhas dele se encontravam, loiras e não muito definidas, sobre o nariz. Ele também era atraente: fisicamente adorável, muito. Se ao menos... se ao menos o orgulho dela não tivesse padecido! Sentia que ele a arrastava para a ruína.

Vinde vós, pessoas gratas, vinde
Entoai a canção do lar da colheita
Todos estão reunidos em segurança
Antes que as tormentas de inverno tenham início.

Até o hino era uma mentira, uma vez que a estação tinha sido úmida e metade das plantações ainda estava em péssimo estado nos campos.

Pobre Fanny! Cantava pouco e estava bonita em meio àquele hino inapropriado. Acima dela estava Harry – misericordioso em um terno e gravata escuros, parecendo quase belo. E sua voz de tenor, lacerante e pura, soava bem quando as palavras eram sufocadas pela comoção coletiva. Ela estava resplandecente e assim se sentia, pois ardia em raiva e tristeza, inflamada por uma espécie de desespero fatal. Porque havia algo em relação a ele, uma atração física que realmente odiava, mas da qual não podia escapar. Foi o primeiro homem que a beijara. E seus beijos, mesmo quando ela os repelia, permaneciam no sangue dela e criavam raízes no fundo de sua alma. Depois de todo esse tempo, voltara para eles. E sua alma gemia, pois se sentia arrastada, arrastada à terra como um pássaro jogado ao chão por algum cachorro. Sabia que sua vida seria infeliz. Sabia que o que estava fazendo era fatal. Contudo, era a sua condenação. Tinha de voltar para ele.

Ele cantaria dois solos naquela tarde: um antes do sermão no púlpito e outro depois. Fanny olhou para ele e ponderou se não era muito tímido para se expor diante de todas aquelas pessoas. Mas não, não era tímido. Tinha ainda um tipo de segurança no rosto ao olhar do palco do coral para ela lá embaixo – a segurança de um homem vulgar deliberadamente entrincheirado em sua vulgaridade. Ah, quanta raiva passava pelas veias dela quando via o ar de triunfo, triunfo lacônico e indiferente que se assentava de forma tão obstinada e incansável nas pálpebras dele ao olhar para ela ali embaixo. Ah, desprezava-o! Mas lá estava ele naquele palco do coral como a jumenta de Balaão na frente dela, e ela não conseguia se esquivar dele. Também havia certo encanto sobre ele. Certo encanto físico, como se sua carne fosse nova e adorável ao toque. O espinho do desejo machucava amargamente o coração de Fanny.

Ele, nem é preciso dizer, cantava como um canário naquela tarde específica, com uma paixão desafiadora que, de forma agradável, crepitava o sangue da congregação. Fanny sentia a crepitação das chamas dentro de suas veias enquanto ouvia. Até o curioso e grosseiro vernáculo tinha certa fascinação. Mas, ah, também era tão repugnante. Ele triunfaria sobre ela, obstinadamente ele a arrastaria de volta à gente ordinária: uma condenação, uma vulgar condenação.

A segunda performance foi um hino, do qual Harry cantou as partes solo. Era desajeitado, mas bonito, com palavras adoráveis.

Aqueles que semeiam com lágrimas colherão com alegria!
Aquele que saiu chorando, levando a preciosa semente,
Certamente voltará cheio de alegria, trazendo consigo os seus feixes.

"Certamente voltará, certamente voltará", entoavam suavemente os contraltos. "Trazendo consigo os seus feixes", os agudos floresciam de forma resplandecente, então começava de novo o solo meio melancólico:

Aqueles que semeiam com lágrimas colherão com alegria!

Sim, foi eficaz e tocante.

Mas, no momento em que a voz de Harry esmorecia sem cuidado rumo ao encerramento e o coro, posicionado atrás, estava de boca aberta para a triunfante explosão final, uma voz de mulher aos gritos surgiu do corpo da congregação. O órgão ressoou sobressaltado e ficou em silêncio; o coro permaneceu inerte.

"Que bonito você aí parado, cantando na casa sagrada de Deus", disse o alto e raivoso grito feminino. Todos ficaram estarrecidos. Uma mulher robusta e corada com uma touca preta estava de pé, acusando o solista. Quase desmaiando de pavor, percebeu a congregação. "Que bonito, não é, aí parado, cantando solos na casa sagrada de

Deus, você, Goodall. Mas eu digo: que vergonha que você é. Muito bonito, trazendo sua jovem para cá com você, não é? Pois ela vai saber com quem está lidando. Um patife que não aceita as consequências do que fez." A mulher colérica, de rosto severo, virou-se na direção de Fanny. "Isso é o que Harry Goodall é, se quer saber."

E sentou-se novamente em seu assento. Fanny, sobressaltada como todos os outros, virara-se para olhar. Ficara branca e depois vermelha, flamejante, sob o ataque. Ela conhecia a mulher: uma tal sra. Nixon, um diabo de mulher, que batia no seu segundo marido, Bob, um bêbado patético de nariz vermelho, e nas duas filhas magricelas, mesmo crescidas. Uma personalidade notória. Fanny virou-se novamente e permaneceu imóvel como a eternidade.

Houve um minuto de perfeito silêncio e suspense. O público estava boquiaberto e mudo; o coral permaneceu como a esposa de Ló; e Harry, com sua partitura, ficou lá, levantado, olhando para baixo com uma espécie de tola indiferença quanto à sra. Nixon, com uma expressão ingênua e vagamente zombeteira. A sra. Nixon sentou-se confiante em seu assento, desafiando a todos.

Então um ruído, como o de um bosque quando o vento atinge as folhas de repente. E então o pastor alto e desajeitado se levantou e, com sua voz forte, bonita e ressonante – a única coisa bonita que tinha –, disse, com um sentimento pesaroso e constante:

– Vamos juntos cantar o último hino da lista, número onze:

Límpido, movimentava-se o dourado milho
Na terra agradável de Canaã.

O órgão rapidamente se afinou. Durante o hino, o ofertório foi realizado. E, depois do hino, a oração.

O sr. Enderby vinha de Northumberland. Como Harry, nunca fora capaz de vencer o sotaque, que era bastante carregado. Ele era um pouco simplório, um dos servos de Deus, uma estranha alma celibatária, talvez emotiva, feia, mas muito gentil.

– E se, ó querido Senhor, nosso amado Jesus, tiver que cair uma sombra de pecado sobre nossa colheita, deixá-la-emos a Vosso julgamento, pois a Vós cabe julgar. Elevamos nossas almas e tristeza, Jesus, a Vós, e nossos lábios estão mudos. Ó Senhor, livrai-nos do discurso perverso, afastai-nos de palavras e pensamentos insensatos, nós rogamos a Vós, Senhor Jesus, que a todos conheceis e julgais.

Assim disse o pastor em sua voz triste e ressonante, lavou as mãos perante o Senhor. Fanny se inclinou de olhos abertos para a frente durante a oração. Podia ver a cabeça arredondada de Harry, também inclinada para a frente. Seu rosto era inescrutável e inexpressivo. O choque a deixou perplexa. Talvez a raiva fosse a sua emoção predominante.

O público começou a levantar-se com ruído, a esvair-se da capela devagar e agitadamente, olhando para Fanny, para a sra. Nixon e para

Harry com olhos descontroladamente curiosos. A sra. Nixon, baixinha, permaneceu desafiadora em seu banco, encarando a nave como se anunciasse, sem arregaçar as mangas, que estava preparada para qualquer um. Fanny continuou perfeitamente imóvel. Felizmente, as pessoas não tinham de passar por ela. E Harry, com as orelhas vermelhas, estava caminhando, encabulado, para fora da galeria. O som alto do órgão abafou toda a comoção da saída.

O pastor estava inescrutável e silencioso no púlpito, como uma caveira, enquanto a congregação marchava para fora. Quando os últimos retardatários haviam partido de mau grado, volteando o pescoço para mirar Fanny ainda sentada, ele se levantou, andou com seu jeito curvado até a pequena capela rural e fechou a porta. Então retornou e sentou-se ao lado da silenciosa jovem.

– Isto é a maior das lástimas, a maior das lástimas! – queixou-se. – Eu sinto tanto, sinto tanto, de verdade, de verdade, ah, de verdade! – suspirou ao terminar.

– É uma surpresa e tanto, isso é – disse Fanny, vivaz.

– Sim, sim, de fato. Sim, uma surpresa, sim. Não conheço a mulher, não a conheço.

– Eu a conheço – disse Fanny. – É má.

– Bem! Bem! – disse o pastor. – Não a conheço. Não entendo. Não entendo nada. Mas é algo lamentável, é bastante lamentável. Sinto muito.

Fanny observava a porta da sacristia. A escada da galeria dava para a sacristia, não para o corpo da capela. Sabia que os membros do coral estavam espiando para ter informações.

Por fim, Harry chegou – bastante encabulado –, com o chapéu na mão.

– Bem! – disse Fanny, ficando de pé.

– Tivemos um extra e tanto – disse Harry.

– Acho que sim – Fanny respondeu.

– Uma circunstância infeliz, a mais infeliz das circunstâncias. Você entende, Harry? Não entendo nada.

– Sim, eu entendo. A filha vai *terrr* um filho e ela bota a culpa em mim.

– E ela não tem motivo para isso? – perguntou Fanny, bastante reprovadora.

– Não é mais meu do que de alguns outros rapazes – disse Harry, virando o rosto.

Houve um momento de pausa.

– Qual é a garota? – perguntou Fanny.

– Annie, a mais nova.

Seguiu-se outro silêncio

– Acho que não os conheço, não é? – perguntou o pastor.

– Acho que não. São os Nixon: a mãe tomou o velho Bob como segundo marido. É uma venenosa, foi ela que levou a menina ao que é hoje. Vivem na Manners Road.

– Por quê, o que há de errado com a garota? – perguntou Fanny, incisiva. – Ela era correta quando a conheci.

– Sim, ela é correta. Mas está sempre dentro e fora dos bares com os homens – disse Harry.

– Que coisa bonita! – disse Fanny.

Harry olhou de relance para a porta. Queria sair.

– Muito angustiante, de fato! – O pastor balançou calmamente a cabeça.

– E esta noite, sr. Enderby? – perguntou Harry, em voz bastante baixa. – Você me quer?

O sr. Enderby olhou para cima aflito e pôs as mãos na sobrancelha. Estudou vagamente Harry por algum tempo. Havia uma espécie de ligeira semelhança entre os dois homens.

– Sim – disse ele. – Sim, eu acho. Acho que devemos ignorar e fazer menos reparo possível.

Fanny hesitou. Então disse a Harry:

– Mas você virá?

Ele olhou para ela.

– Sim, eu virei – disse ele.

Então se voltou para o sr. Enderby.

– Bem, boa tarde, sr. Enderby – disse ele.

– Boa tarde, Harry, boa tarde – replicou o pesaroso pastor. Fanny acompanhou Harry até a porta, e por algum tempo caminharam em silêncio dentro da tarde.

– E é tanto seu quanto de qualquer um? – disse ela.

– Sim – respondeu, sucinto.

E seguiram sem mais nenhuma palavra pela longa milha até chegar à esquina da rua onde Harry morava. Fanny hesitou. Deveria continuar até a casa de sua tia? Deveria? Significaria esquecer tudo isso para sempre. Harry permaneceu em silêncio.

Alguma obstinação a fez contornar com ele a estrada para a sua casa. Quando entraram no domicílio, toda a família estava lá, mãe, pai, Jinny com marido e filhos e os dois irmãos de Harry.

– Você tem ficado com suas orelhas quentes, me disseram – disse a sra. Goodall de modo sombrio.

– Quem te contou? – Harry perguntou, sucinto.

– Maggie e Luke estavam lá.

– Que bonito, não é mesmo? – disse Jinny, interferindo.

Harry foi pendurar o chapéu, sem replicar.

– Suba e tire o chapéu – disse a sra. Goodall a

Fanny, de maneira quase gentil. Ficaria muito irritada se Fanny tivesse deixado seu filho neste momento.

– Então, o que ela diz? – o pai perguntou a Harry secretamente, movendo a cabeça na direção da escada onde Fanny sumira.

– Nada ainda – disse Harry.

– Bem feito se ela te dispensar agora – disse Jinny. – Aposto que é exatamente por causa de Annie Nixon e você.

– Você aposta demais – disse Harry.

– É, mas você não pode negar – disse Jinny.

– Eu posso se eu quiser.

O pai olhou para ele em dúvida.

– Não é mais meu do que de Bill Bower ou Ted Slaney ou seis ou sete deles – disse Harry ao pai.

E o pai acenou com a cabeça em silêncio.

– Isso não o livrará no tribunal – disse Jinny.

Lá em cima, Fanny fugia de todas as investidas da mãe de Harry e não mostrou suas cartas. Sob a mira indignada da sra. Goodall, arrumou os cabelos, lavou as mãos e pôs um pouquinho de pó de arroz no rosto para se acalmar. Era como uma declaração de independência. Mas a velha não disse nada.

Desceram para o chá de domingo com sardinhas, salmão e pêssegos enlatados, além de tortas e bolos. A conversa foi coletiva. Era a respeito da família Nixon e do escândalo.

– Ah, ela é uma mulher obscena – disse Jinny sobre a sra. Nixon. – Pode muito bem falar na casa sagrada de Deus como falou. É a primeira vez que ela pisa lá, desde que abandonou a ideia de ser convertida. É e sempre foi um demônio. Não se lembra, mãe, de como tratava os filhos do Bob quando vivíamos nos prédios lá embaixo? Lembro que, quando eu era menina, ela costumava dar banho neles no quintal, no frio, para que não molhassem a casa. Quase os matava se eles deixassem alguma marca no chão, e a linguagem que usava! E eu lembro que, num sábado, Garry, a filha do Bob, fugiu quando a madrasta ia lhe dar banho, fugiu sem um trapo no corpo. Você lembra, mãe? E se escondeu nos cantos de Smedley, era época de aparar a grama e ninguém conseguiu encontrá-la. Ela se escondeu lá fora a noite inteira, não foi, mãe? Ninguém conseguiu achá-la. Palavra, foi um escândalo. Eles a encontraram no domingo de manhã...

– Fred Coutts ameaçou quebrar cada osso do corpo da mulher se ela tocasse de novo na criança – o pai acrescentou.

– De qualquer forma, eles a assustaram – disse Jinny. – Mas ela era quase tão ruim quanto com os seus dois filhos. E qualquer um pode ver que ela ficou no pé do velho Bob até ele amolecer.

– Mole como mingau – disse Jack Goodall. – Nunca que ele conseguiria o salário de uma semana, nem mesmo de um dia, se os rapazes não o ajudassem.

– Palavra, se ele não levasse o salário da semana, ela lhe arrancaria a cabeça – disse Jinny.

– Mas uma mulher limpa e respeitável, exceto por seus modos obcenos – disse a sra. Goodall. – Vive afastada feito um buldogue. Nunca deixa ninguém chegar perto da casa nem conversa com os vizinhos.

– Precisa de uma pancada para se livrar desses modos – disse o sr. Goodall, homem de tipo silencioso e evasivo.

– Onde o Bob consegue dinheiro para sua bebida é um mistério – disse Jinny.

– Os companheiros dão – disse Harry.

– Bem, ele tem o mais assustado par de olhos de coelho que você gostaria de ver – disse Jinny.

– Sim, com o mesmo pavor de um bêbado ao morrer, imagino – disse a sra. Goodall.

Assim a conversa se estendeu após o chá, até que deu praticamente a hora de voltar à capela.

– Você tem que ir se aprontar, Fanny – disse a sra. Goodall.

– Eu não vou esta noite – disse Fanny abrup-

tamente. E houve uma súbita pausa na família. –
Ficarei com você esta noite, mãe – acrescentou.
 – Melhor assim, minha menina – disse a sra.
Goodall, segura e lisonjeada.

NADA DISSO

ENCONTREI LUIS COLMENARES EM VENEZA, havia anos que não o encontrava. É um exilado mexicano que vive dos escassos destroços do que outrora foi riqueza, e que leva uma existência pobre e solitária como pintor. Mas sua arte serve-lhe apenas de anestésico. Vagueia como uma alma perdida, principalmente por Paris ou pela Itália, onde pode viver com poucos recursos. É bastante baixo, bastante gordo, pálido, tem olhos negros, que estão sempre olhando para todos os lados, e um espírito similar, sempre alerta.

– Sabe quem está em Veneza? – disse-me. – Cuesta! Está no Hotel Romano. Eu o vi tomando banho ontem no Lido.

Havia uma imensidão de tenebrosa zombaria nessa última frase.

– Você se refere a Cuesta, o toureiro? – perguntei.

– Sim. Não sabe que ele se aposentou? Você se lembra? Uma americana deixou-lhe muito dinheiro. Chegou a vê-lo?

– Uma vez – eu disse.

– Foi antes da revolução? Você se lembra de que ele se aposentou e comprou uma *hacienda* muito barata de um dos generais do Madero, lá em Chihuahua? Foi depois da Carranzista*, e eu já estava na Europa.

– Como ele está agora? – eu disse.

– Imensamente gordo, como uma baleia pequena, redonda e amarela no mar. Você o viu? Sabe que ele sempre foi muito baixo e gordo. Acho que a mãe era uma indígena mixteca. Você chegou a conhecê-lo?

– Não – eu disse. – E você?

– Sim. Eu o conheci nos velhos tempos, quando eu era rico e pensava que seria rico para sempre.

Ficou em silêncio e eu estava com medo de que se calasse de vez. Era-lhe incomum ser tão

---

* Movimento constitucionalista que tomou parte na Revolução Mexicana, iniciada em 1910. Os carranzistas eram apoiadores de Venustiano Carranza, principal opositor de Porfirio Díaz.

comunicativo desse jeito. Mas é evidente que ter visto Cuesta, o *toreador* cuja fama já tinha ressoado pela Espanha e América Latina, havia lhe tocado profundamente. Estava em ebulição e de fato não conseguia se controlar.

– Mas ele não era interessante, né? – eu disse. – Não era só um... um toureiro, um bruto?

Colmenares lançou-me um olhar de sua própria escuridão. Não queria falar. No entanto, era obrigado.

– Era um bruto, sim – admitiu com relutância. – Mas não só um bruto. Você o viu em seu ápice? Onde o viu? Nunca gostei dele na Espanha, era muito vaidoso. Mas no México era muito bom. Viu-o brincar com o touro e brincar com a morte? Era maravilhoso. Lembra-se dele, de como era?

– Não muito bem – eu disse.

– Baixo, largo e muito gordo, com uma cor muito amarela e um nariz achatado. Mas seus olhos eram maravilhosos, também muito pequenos e amarelos, e quando olhava para você, tão frio e estranho, você se sentia derreter por dentro. Sabe esse sentimento? Ele analisava o último cantinho do seu ser, onde você guarda a coragem. Entende? E você se sentia derretendo. Sabe o que quero dizer?

– Mais ou menos, talvez – eu disse.

Os olhos negros de Colmenares estavam fixos em meu rosto, dilatados e brilhantes, mas na verdade não me viam em absoluto. Ele enxergava o passado. Ainda assim, uma força curiosa jorrava de seu rosto; qualquer um poderia entendê-lo pela telepatia da paixão, paixão às avessas.

– E na arena era maravilhoso. Podia dar as costas para o touro e fingir que arrumava as meias, enquanto o animal se aproximava para investir contra ele. E com um breve relance sobre os ombros, fazia um pequeno movimento, e o touro já tinha passado sem atingi-lo. Aí, sorria de leve e caminhava atrás da fera. É maravilhoso que não tenha morrido centenas de vezes, mas eu o vi tomando banho hoje no Lido, como uma baleia pequena, gorda e amarela. É extraordinário! Mas não vi seus olhos...

No rosto gordo, pálido e barbeado de Colmenares havia uma aparência esquisita de paixão abstrata. Talvez o *toreador* o tivesse enfeitiçado, assim como o fizera com tantas pessoas no Velho e no Novo Mundo.

– É estranho eu nunca ter visto olhos como os dele em mais ninguém. Eu lhe contei que eram amarelos e não pareciam, de modo algum, olhos humanos? Não olhavam para você. Acho que eles nunca olharam para ninguém. Olhavam apenas para a partezinha dentro de seu corpo onde você guarda a coragem. Acho que não podia ver as pessoas, não mais que um animal pode: quero dizer, vê-las como indivíduos, do mesmo modo como eu vejo você e você me vê. Era um animal, um maravilhoso animal. Tenho pensado ultimamente que, se seres humanos não tivessem desenvolvido o pensamento e o discurso, eles teriam se tornado animais maravilhosos como Cuesta, com aqueles olhos maravilhosos, muito mais maravilhosos do que os de um leão ou de um tigre. Você já reparou que um leão ou um tigre nunca olham para você diretamente? Nunca olham, de fato, para você. Mas também têm medo de olhar para a sua última partezinha, onde reside a sua coragem dentro de você. Mas Cuesta não tinha medo. Olhava diretamente para lá e ela derretia.

– E como ele era no dia a dia? – perguntei.

– Não falava, era muito calado. Nem um pouco inteligente. Nem sequer inteligente para tornar-se general. E podia ser muito bruto e asqueroso. Mas costumava ser quieto. Mas era sempre *algo*. Se você estivesse com ele em um quarto, repararia mais nele do que em qualquer outra pessoa, mais do que em homens e mulheres e, até mesmo, em pessoas muito inteligentes. Era burro, mas fazia com que você se atentasse a ele fisicamente; como um gato na sala. Eu lhe digo, aquela partezinha onde você guarda a coragem era enfeitiçada por ele; ele o enfeitiçava.

– Fazia isso de propósito?
– Bem! É difícil dizer. Mas ele sabia que podia fazer isso. Com alguns, talvez, ele não conseguisse. Mas ele nunca via tais pessoas. Via somente as que estavam sob seu feitiço. E, é claro, na arena, mesmerizava a todos. Podia atrair o magnetismo natural de todos para si – todos. E então era maravilhoso, brincava com a morte como se ela fosse um gatinho, tão ágil, ágil como uma estrela, e calmo como uma flor, o tempo todo sorrindo para a morte. É maravilhoso que nunca tenha sido morto. Mas se aposentou muito jovem. E, de repente, era ele quem matara o touro, com uma mão, com um golpe. Era muito forte. E o touro caía a seus pés, esmagado pela morte. As pessoas iam à loucura! E ele apenas as olhava de relance com os olhos amarelos, com um frio e bonito desprezo, como se fosse um animal envolto por uma pele fúnebre. Ah, era magnífico! E hoje eu o vi tomando banho no Lido, com uma roupa de banho americana, acompanhado de uma mulher. Sua

roupa de banho era um pouco mais amarela do que ele próprio. Já segurei a toalha enquanto ele era enxugado e massageado continuamente. Tinha o corpo de um indígena, bege-amarelado e muito liso, quase sem nenhum pelo. Sempre pensei que havia algo de infantil nisso, tão macio. Mas também tinha o mesmo mistério de seus olhos, como se você nunca pudesse tocá-lo, como se, mesmo quando o tocasse, já não fosse ele. Quando não estava trajado, ficava nu. Mas parecia que, antes de você efetivamente *chegar* até ele, haveria muitas, muitas camadas a mais de nudez. Fui totalmente claro? Ou parece uma tolice?

– Isso me interessa – eu disse. – E com certeza as mulheres caíam a seus pés aos milhares.

– Aos milhões! E enlouqueciam por causa dele. As mulheres enlouqueciam quando o sentiam. Não era como Rodolfo Valentino, sentimental. Era loucura, feito gatas que uivam à noite e não sabem mais se estão na terra, no inferno ou no paraíso. Assim eram as mulheres.

Ele poderia ter tido quarenta mulheres bonitas todas as noites, e diferentes a cada noite, desde o início até o fim do ano.

– Mas naturalmente não teve.

– Ah, não! No começo, acho que saiu com muitas. Mas depois, quando o conheci, não saía com nenhuma daquelas que o cercavam. Teve duas mulheres mexicanas com quem viveu, mulheres humildes, indígenas. E todas as outras, ele as insultava e fazia comentários a respeito delas com uma linguagem terrível e obscena. Acho que teria gostado de chicoteá-las ou matá-las por elas o perseguirem.

– Ele deve tê-las enfeitiçado quando estava na arena – eu disse.

– Sim. Mas isso era como afiar sua faca nelas.

– E quando se aposentou (tinha bastante dinheiro), como se divertia?

– Era rico, tinha uma grande *hacienda* e muitas pessoas que lhe serviam como escravos. Criava gado. Acho que sentia muito orgulho de ser *haciendado* e *patrón* de tanta gente, com um pequeno exército próprio. Acho que sentia orgulho, vivendo como um rei. Não tive mais notícias dele por anos. Agora, de repente, está em Veneza com uma francesa que fala um péssimo espanhol.

– Quantos anos ele tem?

– Quantos anos? Cerca de 50, ou um pouco menos.

– Tão novo! E você vai falar com ele?

– Não sei. Não consigo me decidir. Se eu falar, ele vai pensar que quero dinheiro.

Havia agora certo toque de ódio na voz de Colmenares.

– Ora, por que ele não deveria lhe dar dinheiro? Presumo que ainda seja rico.

– Rico, sim! Deve ser eternamente rico. Tem dinheiro americano. Uma americana lhe deixou meio milhão de dólares. Você já ouviu a história?

– Não. Então, por que ele não lhe daria dinheiro? Presumo que você já tenha dado alguma quantia a ele com frequência no passado.

– Ah, isso... isso foi lá no passado. Ele nunca vai me dar nada... nem uma centena de francos, ou algo do tipo! Porque é cruel. Você já ouviu sobre a americana que lhe deixou meio milhão de dólares e se suicidou?

– Não. Quando foi isso?

– Foi há muito tempo: em 1914 ou 1913. Eu já tinha perdido todo o meu dinheiro. Chamava-se Ethel Cane. Nunca ouviu falar dela?

– Acho que não – eu disse, sentindo-me omisso por nunca ter ouvido falar da senhora.

– Ah! Você deveria tê-la conhecido. Era extraordinária. Eu a conheci em Paris, antes mesmo de voltar ao México e conhecer bem Cuesta. Era quase tão extraordinária quanto Cuesta: uma dessas americanas nascidas ricas, mas que poderíamos chamar de provincianas. Não vinha de Nova York ou Boston, mas de algum outro lugar. Omaha ou algo assim. Era loira, de cabelo liso e grosso, e foi pioneira ao usá-lo curto, como um pajem florentino. Sua pele era branca, seus olhos, muito azuis, e não era magra. De início, parecia haver alguma coisa infantil nela... sabe aquele jeito, aquelas bochechas bastante redondas e aqueles olhos puros, tão sonsos? Os olhos eram especialmente calorosos, ingênuos e sonsos, mas cheios de luz. Só de vez em quando ficavam injetados. Ah, era extraordinária! Foi só quando a conheci melhor que reparei como suas sobrancelhas loiras juntavam-se acima do nariz de uma maneira diabólica. Tinha personalidade demais para uma senhora e toda aquela terrível energia americana! Ah, energia! Era um dínamo. Em Paris, casou-se com um americanozinho elegante e rosado que, ao ser rejeitado por ela, ficava amarelo, melancólico, perseguindo-a quando ela não o queria. Ele pintava retratos e queria ser moderno. Ela conhecia todo mundo e todo tipo de gente a procurava, como se guardasse uma *ménagerie** humana. E comprava mobílias velhas e brocados; ficava louca quando via alguém

---

* Galeria de exposição de animais criados em cativeiro.

comprando um pedaço de veludo brocado cobiçado por ela e marcado pelo misterioso florescer dos anos. Cobiçava tais coisas com avidez e entrava em um estranho estado de transe sensual ao olhar para alguma cadeira velha devorada por vermes. Enlouquecia caso outra pessoa ficasse com a cadeira, e não ela: aquela cadeira feia, velha e cheia de cupins do *Quattrocento*! Coisas! Era louca por "coisas". Mas só durante um tempo. Sempre se cansava, especialmente dos próprios entusiasmos.

"Isso foi quando a conheci em Paris. Aí, acho que ela se divorciou daquele marido e, quando as revoluções mexicanas se arrefeceram, veio para o México. Acho que era fascinada pela ideia do Carranza. Se ouvia falar de um homem detentor de uma espécie de poder dramático, tinha de conhecer esse homem. Era como sua avidez por brocados, cadeiras velhas e um ambiente esteticamente perfeito. Agora se tratava de conhecer o mais perigoso dos homens, especialmente se ele parecesse um profeta ou reformista. Era também socialista, nessa época. Não estava mais apaixonada por cadeiras.

"Encontrou-me de novo no México: conhecia milhares de pessoas e lembrava-se delas sempre que alguém lhe pudesse ser útil. Então se lembrou de mim, e não significava nada para ela o fato de eu já estar pobre. Eu sabia que Ethel me considerava 'aquele Luisinho Alguma Coisa', mas existia certa função para mim e, talvez, ela me achasse um pouco interessante. Pelo menos, convidava-me para jantar com frequência ou para acompanhá-la ao volante. Era curiosa, bastante imprudente e endiabrada, porém tímida e deslocada dos padrões de seu próprio *milieu*. Só em momentos íntimos era inescrupulosa e intrépida como o demônio encarnado. Em público e em lugares estranhos, era bastante apreensiva, como alguém que sente medo por ter a consciência pesada em relação à sociedade. E por essa razão nunca podia sair sem um homem para ficar entre ela e todo o resto.

"Enquanto ela estava no México, eu era esse homem. Logo descobriu que eu era satisfatório. Cumpria todos os deveres de um marido sem exigir nenhum de seus direitos. E era isso que ela queria. Acho que estava procurando um marido histórico e notável. Mas, é claro, ele teria que ser um instrumento adequado para a energia e o caráter históricos e notáveis dela. Era extraordinária, mas só funcionava por meio de indivíduos, por meio dos outros. Por si mesma, não conseguia alcançar nada. Deitava-se no sofá, conjecturava e conspirava com uma energia que lhe fervia por dentro. Era só quando estava em grupo, com uns poucos indivíduos reais ou só com um homem, que conseguia começar alguma coisa e fazê-los todos dançar em uma tragicomédia, feito marionetes.

"Mas, no México, os homens não dão atenção a mulheres que os fariam dançar feito marionetes. No México, as mulheres devem correr no deserto tais como as indígenas, com dóceis cabecinhas. As americanas não são muito populares.

Sua energia e seu poder de compelir outras pessoas a fazer as coisas não são requisitados. Os homens prefeririam encontrar o demônio por si mesmos a serem enviados para lá pelas mulheres, com uma cestinha de compras domésticas.

"Então Ethel encontrou não apenas um homem a ignorá-la, mas todo um bando de costas quadradas e gordas viradas para ela. Não a queriam. Os revolucionários não lhe davam absolutamente nenhuma atenção. Não queriam mulher alguma interferindo. O general Isidor Garabay dançou com ela, e esperou que ela imediatamente se tornasse sua amante. Mas, como disse, ela não queria *nada disso*. Tinha um jeito terrível de dizer 'Não quero nada disso!' – era como bater em um espelho com um martelo. E, como ninguém queria se meter em confusão por sua causa, eles não queriam nada com ela.

"De início, quando os generais viram seus ombros brancos, os cabelos loiros e o rosto inocente, é claro que todos pensaram: 'Aqui está um *tipo* para a gente!'. Não se enganaram com sua aparência inocente. Mas estavam enganados com o que parecia ser um desamparo. O sangue começava a subir ao rosto e ao pescoço, os olhos ficavam em chamas, todo o seu corpo crescia com uma energia repelente e ela dizia algo bem americano e bem arrasador, em francês ou em inglês. Nada *disso*! Pare com *isso*!

"Tinha muito poder também. Podia transmitir de seu corpo uma energia repelente para forçar as pessoas a se submeterem à sua vontade. Homens na Europa ou nos Estados Unidos quase sempre desmoronavam diante dela. Mas ela havia ido à loja errada no México. Os homens eram leais a si mesmos. Embora fosse atraente e bastante adorável, com olhos azuis tão cheios de luz e a pele branca reluzindo com enérgica saúde, eles esperavam que ela se tornasse, de imediato, sua amante. E quando percebiam, muito rápido, que ela não queria *nada disso*, giravam e mostravam-lhe suas costas gordas. Não lhe deram atenção alguma porque era inteligente, notável e porque possuía uma maravilhosa energia e uma maravilhosa capacidade de fazer as pessoas dançarem enquanto ela puxava as cordas. Também não queriam *nada disso*. Talvez a tivessem levado e compartilhado como amante, não fosse o medo de se meterem em problemas com o governo americano.

"Então, ela logo começou a entediar-se e pensar em voltar a Nova York. Disse que o México era um lugar sem alma, sem cultura, e não tinha sequer cérebro suficiente para ser mecanicamente eficaz. Era uma cidade e uma terra de garotinhos malvados a fazer coisinhas obscenas, e um dia aprenderia a lição. Eu lhe disse que a história é o relato de uma lição que ninguém nunca aprende, e ela me disse que o mundo *certamente* havia progredido. Exceto no México, presumiu. Perguntei por quê, então, tinha ido para lá. E me disse que pensou que havia alguma coisa para fazer e gostaria de participar. Mas descobriu que só tinha garotinhos malvados e sobretudo covardes sacando armas, praticando obscenidades medíocres, por isso iria deixá-los lá. Eu lhe disse que achava que a vida era assim. E ela respondeu que, já que não era boa o bastante, aquilo não era vida para ela.

"Disse que tudo o que queria era viver uma vida imaginativa e colocá-la em prática. Naquele tempo, achei isso ridículo. Achei que estava só tentando encontrar alguém por quem se apaixonar. Mais tarde, percebi que estava certa. Tinha uma ideia imaginária de si como uma mulher extraordinária e potente que faria uma estupenda mudança na história da humanidade. Como Catarina da Rússia, mas cosmopolita e não meramente russa. E é verdade, ela *era* uma mulher extraordinária, com uma tremenda força de vontade e uma energia realmente incrível, mesmo para uma americana. Era como uma locomotiva a vapor abastecida e cheia de energia pronta para ser liberada, puxando vários vagões por aí. Mas eu não via como isso poderia causar uma mudança na maré dos assuntos mortais. Era somente uma parte do rebuliço do tráfego. Puxava os vagões uns contra os outros numa colisão de engates e, de quando em quando, deixava cair algum item desafortunado do veículo. Mas eu não via como isso mudaria a história da humanidade. Parecia ter chegado só um pouco atrasada, tal como alguns heróis e heroínas ainda hoje sempre fazem.

"Constantemente me perguntava por que ela não tinha um amante. Era uma mulher entre os 30 e os 40, muito saudável e cheia dessa extraordinária energia. Tinha contato com muitos homens e sempre conseguia extrair seus pensamentos, sempre em alerta, a rolá-los ladeira abaixo. Atraía os homens, de certa forma. No entanto, não tinha amante nenhum.

"Perguntava-me ainda a respeito de mim mesmo. Éramos amigos e muito próximos. Por certo, estava sob seu feitiço. Ia correndo tão logo pensava que ela queria minha companhia. Eu fazia as coisas que ela sugeria que eu devia fazer. Mesmo entre meus conhecidos, quando encontrava alguém a rir ou desgostar de mim por estar a serviço de uma americana, e eu tentava rebelar-me contra ela e botá-la em seu lugar, como os mexicanos dizem – o que para eles significa: sem roupas, na cama –, mesmo assim, no momento em que a via, ela me ganhava de jeito, com um olhar e uma palavra. Era muito inteligente. Adulava-me, é claro. Fazia-me sentir sábio. Fascinava-me. Aí estava sua inteligência. Ela *me* tornou inteligente. Contei-lhe tudo sobre o México: toda a minha vida, todas as minhas ideias sobre história e filosofia. Soava terrivelmente inteligente e original a mim mesmo. E ela escutava com tamanha atenção que pensei que estivesse profundamente interessada no que eu dizia. Mas estava esperando por algo a que pudesse se agarrar para então 'começar alguma coisa'. Essa era sua constante aspiração, 'começar alguma coisa'. Mas, é claro, pensei que estivesse interessada em *mim*.

"Ela se deitava em um grande sofá coberto com velhos *sarapes* – começou a comprá-los tão logo chegou ao México –, ela mesma enrolada em um maravilhoso manto negro inteiro brilhante, com radiantes pássaros e flores em cores vivas, um tipo muito refinado de manto que as senhoras mexicanas costumavam usar em uma tourada ou *fiesta* ao ar livre; e lá, com os braços brancos reluzindo através da longa franja do manto, as antigas joias italianas subindo no peito branco e intrépido e o cabelo curto, grosso e loiro caindo como metal amarelo, ela conseguia extrair mais e mais meus pensamentos. Nunca conversei tanto em minha vida antes ou depois disso. Sempre conversando! E acredito que eu conversava muito bem e era realmente, realmente muito esperto. Mas nada além de conversar! Às vezes ficava até depois da meia-noite. E às vezes ela bufava de impaciência ou tédio, mais como um cavalo, lançando a cabeça para trás e balançando aquele cabelo pesado e loiro. E acho que alguma parte sua queria que eu fizesse amor com ela.

"Mas não fiz. Não podia. Estava lá, sob sua influência, sob seu poder. Poderia extrair meus pensamentos pela conversa, era incrível. Tenho certeza de que eu era, de fato, muito esperto. Mas qualquer outra parte de mim estava rígida, petrificada. Não podia sequer tocá-la. Não podia sequer pôr sua mão junto à minha. Era uma impossibilidade física. Quando eu estava distante dela, podia pensar em seu branco e saudável corpo com um voluptuoso arrepio. Podia ainda correr até seu apartamento, com a intenção de beijá-la e fazê-la minha amante naquela mesma noite. Mas, no momento em que estava em sua presença, essa sensação me abandonava. Não podia tocá-la. Tinha repulsa a tocá-la. Fisicamente, por alguma razão, eu a odiava.

"E sentia dentro de mim que era porque ela estava me repelindo e porque sempre odiara os homens, odiava qualquer masculinidade ativa em um homem. Só queria a masculinidade passiva, daí essa 'conversa', essa vida imaginativa, como ela a chamava. Por dentro, fervia e acreditava que era porque queria que fizessem amor com ela, muitas e muitas vezes. Mas não era isso. Fervilhava de aversão por todos os homens. Era cruel com o corpo de um homem. Mas excitava a mente, o espírito deles. Amava fazer isso. Amava ter um homem ao redor, como um criado. Amava estimulá-lo, em especial a mente dele. E ela também, quando o homem não estava lá, acreditava que o queria como seu amante. Mas, quando ele estava lá e queria tomar para si aquele fruto proibido que era o seu corpo, ela se rebelava contra ele com um ódio assustador. Um homem deve ser, *por inteiro*, o criado dela, e só. Isso era o que ela queria dizer com vida imaginativa.

"E eu era o seu criado. Todos zombavam de mim. Mas disse a mim mesmo: faria dela minha amante. Quase usei unhas e dentes para isso. Isso quando estava longe dela. Quando me aproximava, não podia tocá-la. Quando tentei forçar-me a tocá-la, alguma coisa dentro de mim começou a estremecer. Era impossível. E sabia disso porque, no seu corpo interior, ela estava me repelindo, sempre me repelindo, de fato.

"Ainda assim, também me queria. Estava sozinha: solitária, ela falava. Estava solitária e teria gostado de levar-me a fazer amor com seu eu exterior. Acredito até que seria minha amante, permitindo que eu a tomasse por um breve, mísero e humilhante momento, e então de súbito iria se livrar de mim novamente. Mas eu não podia fazer isso. Seu corpo interior *nunca* me quis. E eu não podia ser só seu gigolô. Porque ela imediatamente iria me desprezar e insultar se eu persistisse com a tentativa de obter dela alguma satisfação. Eu sabia. Ela já havia tido dois maridos e era uma mulher que sempre ansiava por contar *tudo*, tudinho. Contara-me demais. Eu havia visto um de seus maridos americanos. Não escolhi para mim esse mesmo futuro – ou apuro.

"Não, ela queria viver a vida imaginativa. Disse que a imaginação podia dominar tudo. Até o ponto, é claro, em que alguém levasse um tiro na cabeça ou tivesse um olho arrancado. Falando das atrocidades mexicanas e dos famosos casos de freiras estupradas, ela disse que o fato de uma mulher ficar arrasada por ser estuprada era uma completa bobagem. Podia superar isso. A imaginação podia superar qualquer coisa que não fosse uma verdadeira degradação orgânica. Se alguém levasse uma vida imaginativa, poderia superar qualquer experiência que lhe acontecesse. Poderia, inclusive, matar e superar isso. Ao usar a imaginação e a astúcia, uma mulher pode justificar qualquer coisa, até as piores e mais cruéis. Uma mulher usa sua imaginação em benefício próprio e se torna mais inocente a si mesma do que uma criança pura, não importa quão más tenham sido as coisas que fez."

– Homens fazem isso também – interrompi. – É a estratégia moderna. Por isso todo mundo hoje é inocente. Para a imaginação, todas as coisas são puras se você mesmo as fez.

Colmenares olhou-me com olhos velozes e negros para ver se eu estava zombando dele. Não se importava comigo nem com minhas interrupções. Estava totalmente absorto nas lembranças daquela mulher que o tornara tão esperto, que o fizera seu criado e de quem ele não obtivera satisfação alguma.

– E então? – perguntei-lhe. – Então ela tentou dominar o Cuesta?

– Ah! – disse Colmenares, agitando-se e novamente olhando-me desconfiado. – Sim! Foi isso o que ela fez. E eu fiquei com ciúme. Mesmo sem poder tomar coragem e tocá-la, eu ainda era torturado pelo ciúme porque ela estava interessada em outra pessoa. Estava interessada em outro que não eu, e minha vaidade foi torturada pelo ciúme. Por que eu era tão bobo? Por quê, mesmo agora, eu poderia matar aquele porco gordo e vermelho do Cuesta? Um homem é sempre um bobo.

– Como ela conheceu o toureiro? – perguntei. – Você o apresentou?

– Uma vez, ela foi à tourada porque todos estavam falando sobre Cuesta. Não se importava com coisas como a arena; preferia o teatro moderno, Duse e Reinhardt, e "coisas da imaginação". Mas agora estava voltando para Nova York e nunca havia visto uma tourada, então precisava fazer isso. Consegui assentos à sombra, no alto, você sabe, e fui acompanhá-la.

"No início, ela estava muito descontente, desdenhosa e um pouco assustada, você sabe, porque uma multidão mexicana em uma arena não é lá muito charmosa. Tinha medo das pessoas. Mas se sentou teimosa e emburrada como uma criança, dizendo: 'Não tem nada mais sutil que possam fazer para sentir emoção? É tão baixo nível!'.

"Mas, quando Cuesta finalmente começou a brincar com um touro, ela começou a ficar excitada. Ele vestia rosa e prata, muito deslumbrante e com uma aparência bastante ridícula, como de costume. Até começar a lutar; aí realmente havia algo de maravilhoso nele, você sabe, tão ágil, leve e brincalhão – sabe? Quando estava brincando com um touro e com a morte na arena, era a coisa mais brincalhona entre todas que eu já tinha visto: mais brincalhão do que gatinhos ou filhotes de leopardo. E você sabe como eles brincam, né? Ah, maravilhosos! Mais alegres e leves do que se tivessem um monte de asas em seus corpos, todas elas asas da brincadeira! Bem, era assim, brincando com a morte na arena como se tivesse todo tipo de alegres asinhas para girá-lo com movimentozinhos minúsculos, os mais rápidos, bonitos e inesperados, como um dócil filhote de leopardo. E então, ao final, quando matou o touro e o sangue jorrou ao passar por ele, urgh! Foi como se todo o seu corpo estivesse rindo, e ainda a mesma risada suave e espantada como a de uma coisa jovem, contudo mais cruel do que tudo que se possa imaginar. Fascinava-me, mas sempre o odiei. Gostaria de tê-lo espetado assim como ele espetava os touros.

"Eu podia ver que Ethel estava tentando não cair no feitiço dele. Cuesta tinha o mais curioso charme, rápido e inesperado como uma brincadeira, você sabe, como filhotes de leopardo, ou às vezes devagar, como minúsculos ursinhos.

E mesmo assim a crueldade perfeita. Era a alegria na crueldade! Ela odiava o sangue, a sujeira e os animais mortos. Ethel odiava tudo isso. Não era a vida imaginativa. Estava muito pálida e muito silenciosa. Inclinou-se para a frente e mal se moveu, com a aparência branca, obstinada e contida. E Cuesta matara três touros antes que desse qualquer tipo de sinal. Não falei com ela. O quarto touro era uma beleza, cheio de vida, curvando-se e empinando-se como uma flor de narciso em janeiro. Era um touro bastante especial trazido da Espanha e menos burro que os demais. Apalpou o chão e bufou sobre a terra, baixando a cabeça. E Cuesta abriu os braços para ele com um sorrisinho, mas ainda encantador, com um afetuoso encanto, tal como um homem talvez abrisse os braços para uma mocinha que realmente, mas realmente ama, para que ela vá até seu corpo, seu corpo morno e livre, para que venha suavemente. Então ele estendeu seus braços para o touro, com amor. E era isso que fascinava as mulheres. Gritavam e desmaiavam, ansiando por cair nos braços de Cuesta, contra seu corpo suave e redondo, mais desejável do que um figo. Mas o touro, é claro, passou correndo por ele e só teve dois dardos espetados nos ombros. Esse era o amor.

"Então Ethel gritou: *Bravo! Bravo!*, e percebi que também ela havia ido à loucura. Até Cuesta a ouviu, parou por um momento e a olhou. Ele a viu se inclinando para a frente, com seu cabelo curto e grosso caindo como metal amarelo, o rosto morbidamente pálido e os olhos encarando os dele, como num desafio. Trocaram olhares por um segundo, ele fez uma pequena reverência e voltou-lhe as costas. Mas ele estava mudado. Não mais brincou de forma tão inconsciente: parecia pensar em alguma coisa e esquecia-se dele mesmo. Fiquei com medo de que pudesse ser morto – muito medo! Parecia avoado e correndo riscos muito altos. Quando o touro o seguiu, pulando a cerca do corredor, ele chegou a colocar a mão na cabeça do animal enquanto saltava para trás e um chifre acertou sua manga e a rasgou um pouco. Aí, deu a impressão de estar avoado ao olhar o rasgo, enquanto o touro quase o atingia de novo. E o animal estava louco. Ao que parecia, Cuesta era um homem morto, com certeza: ainda assim, parecia despertar e acordou já fora de alcance. Era como um terrível sonho e pareceu durar horas. Acredito que tenha passado bastante tempo antes de o touro ser morto. Por fim, ele o matou como um homem que, quase cansado da brincadeira, finalmente toma sua amante. Mas ele gostava de matar seu próprio touro.

"Ethel tinha uma aparência de morte, com gotas de suor no rosto. E anunciou: 'Basta! Basta agora! *Ya es bastante! Basta!*'. Ele olhou para ela e ouviu o que disse. Lá, os dois eram similares, viam e ouviam um ao outro num instante. E ele ergueu o rosto, com seu nariz bastante achatado e os olhos amarelos, olhou para ela e, a despeito da grande distância, pareceu estar bem próximo. E sorria como um garotinho. Mas eu podia ver que ele estava olhando para o lugarzinho no corpo dela onde guardava a coragem. E ela tentava capturar o olhar de Cuesta através da imaginação, e não de dentro do próprio corpo nu. E ambos encontraram dificuldades. Quando ele tentou olhar para ela, Ethel pôs sua imaginação à frente dele, como um espelho que se põe na frente de um cachorro selvagem. E, quando ela tentou capturá-lo usando a imaginação, ele pareceu derreter de vez e desapareceu. Portanto, nenhum realmente capturou o outro.

"Mas ele brincou com mais dois touros e os matou, sem ao menos olhá-la. E ela foi embora quando as pessoas o aplaudiram e não mais olhou para ele. Nem falou sobre Cuesta comigo ou foi a tourada alguma.

"Foi Cuesta quem falou comigo sobre ela, quando o encontrei na casa de Clavel. Disse-me com seu espanhol bastante vulgar: 'E seu rabo de saia americano?'. Contei-lhe que não havia nada a ser dito. Ela estava partindo para Nova York. Então pediu que eu lhe perguntasse se ela não gostaria de passar lá e dizer adeus a

Cuesta antes de ir. Disse-lhe: 'Mas por que deveria mencionar seu nome a ela, ela nunca mencionou o seu'. Ele me contou uma piada obscena.

"E deve ter sido porque estava pensando nele que ela me disse aquela noite: 'Você conhece Cuesta?'. Disse que sim e ela me perguntou o que eu achava dele. Contei que achava que era uma fera maravilhosa, mas não exatamente um homem. 'Mas é uma fera com imaginação', ela me disse. 'Pode-se obter uma reação dele?' Afirmei que não sabia, mas não queria tentar. Eu deixaria Cuesta para a arena. Nem em sonho eu gastaria minha imaginação com ele. Ela disse, sempre com uma resposta pronta: 'Mas não havia uma *coisa* maravilhosa nele, algo bem excepcional?'. Disse: 'Talvez! Mas uma cascavel também tem uma coisa maravilhosa: duas coisas, uma na boca, outra no rabo. Mas eu não tentaria arrancar alguma reação de uma cascavel'. Contudo, não estava satisfeita. Torturava-se. Eu lhe disse: 'De qualquer forma, você parte na quinta-feira'. 'Não, eu adiei', ela disse. 'Para quando?' 'Está indefinido', disse.

"Eu podia notar que estava atormentada. Estivera atormentada desde que fora à tourada, porque não conseguia superar Cuesta. Não conseguia superá-lo, como os americanos dizem. Parecia um demônio gordo, atarracado e de olhos amarelos a sorrir-lhe e dançar à sua frente. 'Por que não o traz aqui?', disse-me por fim, embora não o quisesse dizer. 'Mas por quê? Qual o propósito de trazê-lo aqui? Você traria um criminoso aqui, ou um escorpião-amarelo?' 'Traria, se quisesse descobrir algo sobre ele.' 'Mas o que há para ser descoberto sobre Cuesta? Ele é só um tipo de fera. É menos que um homem.' 'Talvez ele seja uma *schwarze Bestie*', ela disse, 'e eu sou uma *Bestie* loira. De qualquer forma, traga Cuesta'.

"Sempre fiz o que ela queria, embora eu mesmo nunca o quisesse. E assim foi agora. Fui a um lugar onde sabia que Cuesta estava e ele me perguntou: 'Como está o rabo de saia loiro?

Já foi embora?'. Eu respondi: 'Não. Você gostaria de vê-la?'. Olhou-me com os olhos amarelos e aquele olhar agradável que era, na verdade, a materialização do ódio. 'Ela pediu que você me perguntasse?', disse. 'Não', eu disse. 'Estávamos falando a seu respeito e ela disse: traga também o fabuloso animal e vamos ver o que ele realmente é.' 'Ele é o animal para a carne dela, é esse tipo', afirmou com seu jeito vulgar. Aí, fingiu que não iria. Mas eu sabia que sim. Então eu disse que ela exigiria sua presença.

"Íamos no fim da tarde, depois do chá, e ele estava vestido para matar, com um terno francês leve. Fomos em seu carro. Mas ele não levou flores ou coisa alguma. Ethel estava nervosa e desconfortável, oferecendo-nos coquetéis e cigarros e falando em francês, embora Cuesta não entendesse nada de francês. Havia outra velha americana lá, na qualidade de dama de companhia.

"Cuesta sentou-se na cadeira, com os joelhos separados e as mãos entre as coxas, como um índio. Seu cabelo, em um pequeno rabo de cavalo repuxado da testa, aproximava-o de uma mulher ou de um chinês; seu nariz achatado e os olhinhos amarelos deixavam Cuesta parecido com um ídolo chinês, talvez um deus ou demônio, como quiser. Só se sentou, não disse nada e tinha aquele olhar que não era um sorriso nem uma careta, não era nada. Mas, para mim, significava um ódio rapsódico.

"Ela lhe perguntou em francês se gostava de sua profissão e há quanto tempo fazia aquilo, se ele se divertia e se era um índio puro-sangue – todas as coisas do gênero. Eu traduzi da forma mais curta possível para ele, Ethel corou de vergonha. Ele respondeu para mim, também brevemente, com seu tipo de voz vulgar e monótono, como se soubesse que era mero fingimento. Mas olhou para ela, diretamente para seu rosto, com aquele estranho e distante modo de encarar, ainda assim muito vivo, sem lhe dar atenção, mas encarando-a: como se tudo que ela dispunha à sua frente fosse uma mera vitrine, e ele só estivesse procurando uma forma de entrar nos pântanos e na selva de Ethel, onde nem ela havia olhado. Passava a impressão de haver uma montanha atrás dela, Popocatépetl, que ele encarava, esperando que um leão saltasse de uma árvore nas encostas, ou que uma cobra descesse de um galho. Mas a montanha era tudo que ela representava, e o leão ou a cobra era seu próprio ser animalesco, que ele vigiava, feito um caçador.

"Não permanecemos muito tempo, mas, quando saímos, ela lhe pediu que voltasse quando desejasse. Não era, de fato, uma pessoa para ser convidada para uma visita: ele sabia disso, tanto quanto ela. Mas lhe agradeceu e aspirou a que um dia pudesse recebê-la na humilde casa *dela* – querendo dizer 'dele' – na rodovia Guadalupe, onde Ethel poderia se considerar dona de tudo. Ela disse: 'Claro, como não? Irei um dia. Vou adorar'. Cuesta compreendeu e curvou-se como um animal veloz mas camuflado: veloz como um escorpião, com o mesmo silêncio do veneno.

"Depois disso, ele voltaria com muita frequência, por volta das cinco horas, mas nunca sozinho, sempre com algum outro homem. E nunca dizia nada, sempre respondia às perguntas dela da mesma maneira breve e sempre olhava para ela enquanto falava com o outro homem. Nem por uma vez ele *lhe dirigiu a palavra* – falava a todo momento com o intérprete em seu espanhol vulgar e monótono. E sempre olhava para ela enquanto falava com outra pessoa.

"Ela tentou de todas as formas possíveis tocar-lhe a imaginação, mas nunca com sucesso. Tentou os índios, os astecas, a história do México, política, Don Porfirio, a arena, amor, mulheres, Europa, América – tudo em vão. Tudo o que extraiu dele foi: *Verdad*! Era absolutamente desinteressado. Na verdade, não *possuía* imaginação mental alguma. Para ele, conversas eram apenas barulho. A única faísca que ela despertou foi quando falou sobre dinheiro. Então se abriu um sorriso esquisito de meia boca em seu rosto e ele perguntou ao intérprete se a *Señora* era muito rica. Ao que Ethel respondeu que não sabia ao certo o que ele queria dizer com 'rica': rico ele também devia ser. Após o que ele perguntou ao amigo intérprete se ela possuía mais de 1 milhão de dólares americanos. Ao que ela replicou que talvez sim, mas não tinha certeza. E ele olhou para ela de forma bastante estranha, ainda mais parecido com um escorpião-amarelo prestes a atacar.

"Perguntei-lhe depois o que o fez perguntar algo tão grosseiro. Pensava em propô-la em casamento? 'Casar com uma ****?', respondeu, utilizando uma expressão obscena. Mas, naquele tempo, eu não sabia o que ele realmente pretendia. Ainda assim, percebi que ele a tinha no pensamento.

"Ethel estava atingindo gradualmente um estado de tensão. Era como se algo a torturasse. Parecia uma mulher a ponto de enlouquecer. Perguntei-lhe: 'Ora, qual é o problema?'. 'Vou te contar, Luis', ela disse, 'mas, cuidado, não diga nada a ninguém. É Cuesta! Não sei se eu o quero ou não'. 'Você não sabe se ele *te* quer ou não', eu disse. 'Posso lidar com isso', ela disse, 'se eu me conhecer melhor: se conhecer minha própria mente. Mas não conheço. Minha mente diz que ele é um nada – nada, uma anta, não tem cérebro nem imaginação, nem nada. Mas meu corpo diz que ele é maravilhoso e possui algo que não tenho, que é mais forte do que eu, que é mais um anjo ou demônio do que um homem, e eu sou meramente humana para poder alcançá-lo, e todas essas coisas, até sentir que vou ficar louca e tomar uma overdose de drogas. O que vou *fazer* com meu corpo, te pergunto? O que vou *fazer* com ele? Preciso dominá-lo. Preciso ser *superior* àquele homem. Preciso cercá-lo e deixá-lo ir. *Preciso*'. 'Então pegue o trem para Nova York esta noite e esqueça-o', eu disse. 'Não posso! Isso é negligência. *Não* vou negligenciar meu corpo. Preciso tirar proveito dele. Preciso.' 'Bem', disse, 'você está um ou dois pontos à minha frente. Se é uma questão de cercar Cuesta e superá-lo, ora, pegue o trem e você vai esquecê-lo em duas semanas. Não se iluda achando que está apaixonada pelo sujeito'. 'Receio que ele seja mais forte do que eu', ela exclamou. 'E daí? Ele é mais forte do que eu, mas isso não tira meu sono. Até um jaguar é mais forte do que eu, e uma anaconda poderia me engolir inteiro. Eu te digo, é tudo uma questão de um dia. Existe um tipo de animal chamado Cuesta. Bem, e daí?'

"Ela olhou para mim, e eu podia dizer que não tinha causado impressão nenhuma. Ela me desprezava. Queria ir até o fundo a respeito de qualquer coisa. Disse-lhe: 'Pelo amor de Deus, Ethel, dê cabo desse capricho de Cuesta! Não é nem uma boa atuação'. Mas, pela atenção que ela me dispensava, eu poderia igualmente ter miado.

"Era como se alguma Popocatépetl adormecida dentro dela começasse a irromper. Não amava o sujeito. Mesmo assim, estava num estado de cegueira suicida e imediata, nem aqui nem lá, nem quente nem frio, nem interessado nem desinteressado, mas simplesmente *insano*. De certa forma, parecia desejá-lo. E de uma forma definitivamente inegável, parecia *não* o desejar. Estava com algum tipo de histeria, perdera completamente seu chão. Tentei com todas as minhas forças fazê-la ir aos Estados Unidos. Uma vez lá, teria recuperado parte da sanidade. Mas pensei que me mataria quando soubesse que eu tentara interferir. Ah, ela com certeza não estava em seu completo juízo.

"'Se meu corpo for mais forte que minha imaginação, eu me mato', ela disse. 'Ethel', eu disse, 'as pessoas que falam em cometer suicídio sempre chamam um médico quando cortam o dedo. Qual o conflito entre seu corpo e sua imaginação? Não são a mesma coisa?'. 'Não!', ela disse. 'Se a imaginação tem o corpo sob controle, você não pode fazer nada, não importa o que faça fisicamente. Se meu corpo estivesse sob o controle da minha imaginação, eu poderia ter Cuesta como amante e seria um ato imaginativo. Mas, se meu corpo agisse sem minha imaginação, eu… eu me mataria.' 'Mas o que quer dizer com seu corpo agir livre da sua imaginação?', eu disse. 'Você não é uma criança. Casou-se duas vezes. Sabe o que significa. Você, aliás, tem dois filhos. Deve ter tido ao menos vários amantes. Se Cuesta se tornar mais um de seus amantes, vou achar deplorável, mas acho que só vai mostrar o quanto é parecida com as outras mulheres que se apaixonam por ele. Se tiver se apaixonado por ele, sua imaginação não tem nada a fazer senão aceitar o fato e enfeitar com quantas rosas desejar a cabeça do jumento.' Ela me olhou muito solene e pareceu pensar a respeito. Então disse: 'Mas minha imaginação não se apaixonou por ele. Ele não iria me encontrar imaginativamente. É um bruto. E, caso eu comece, onde isso vai parar? Receio que meu corpo tenha sofrido uma queda – não uma queda de amor por ele, mas uma rasteira *dele*. É abjeto! E se eu não puder botar meu corpo nos eixos de novo, ou esquecê-lo ou fazê-lo participar de um ato imaginativo comigo, eu... eu me mato'. 'Tudo bem', eu disse. 'Não sei do que está falando, atos imaginativos e atos não imaginativos. O ato é sempre o mesmo.' 'Não é!', exclamou, furiosa comigo. 'Ou é imaginativo ou é *impossível* para mim.' Bem, eu só estendi minhas mãos. O que podia dizer ou fazer? Simplesmente odiava a maneira como se expressava. Ato imaginativo! Ora, odiaria realizar um ato imaginativo com uma mulher. Caramba, ou o ato é real ou esqueça-o. Mas agora eu sei por que nunca a toquei e nem mesmo a beijei: porque não suportaria aquele tipo de intimidação imaginativa dela. É a morte para um homem.

"Eu disse a Cuesta: 'Por que você visita Ethel? Por que não fica distante e a faz voltar aos Estados Unidos? Está apaixonado por ela?'. Ele foi obsceno, como de costume. 'Estou apaixonado por uma lula, que é toda braços e olhos, sem pernas nem rabo! Aquela loira é uma lula. É um polvo, toda braços, olhos, bico e um monte de gelatina.' 'Então por que não a deixa em paz?' 'Até mesmo uma lula é boa quando cozida no molho', ele disse. 'Você deveria deixá-la em paz', disse. 'Deixe-a você, meu estimado *Señor*', ele me disse. E eu sabia que era melhor não prosseguir.

"Uma noite, quando somente eu estava lá, ela disse a ele – e disse em espanhol, diretamente: 'Por que você nunca vem me ver sozinho? Por que sempre vem com outra pessoa? Tem medo?'. Ele olhou para ela e seus olhos não se alteraram em nenhum momento. Mas disse, com sua habitual voz uniforme e insignificante: 'Porque não posso falar, a não ser em espanhol'. 'Mas poderíamos compreender um ao outro', ela disse, com uma das suas pequenas e violentas bufadas de impaciência e raiva contida. 'Quem sabe!', replicou ele, imperturbável.

"Depois Cuesta me disse: 'O que ela quer? Odeia um homem como odeia um ferro em brasa. Um diabo branco, tão sagrado quanto a hóstia!'. 'Então por que não a deixa em paz?', eu disse. 'É tão rica', sorriu. 'Tem todo o mundo em seus mil braços. É tão rica quanto Deus. Os arcanjos são pobres ao seu lado, é tão rica e tem a pele e a alma tão brancas.' 'Então, mais um motivo, por que não a deixa em paz?' Mas ele não me respondeu.

"No entanto, ia visitá-la sozinho. Mas sempre ao anoitecer. E nunca permanecia mais de meia hora. Seu carro, bem conhecido em qualquer lugar, ficava lá fora até que ele fosse embora em seu terno cinza francês, seus sapatos marrons reluzentes e seu chapéu tombado para trás.

"O que diziam um ao outro, eu não sei. Mas ela se tornou mais angustiada e absorta, como se ruminasse uma ideia fixa. Eu dizia a ela: 'Por que levar a sério? Uma dúzia de mulheres dormiu com Cuesta e não pensa mais nisso. Por que levá-lo a sério?'. 'Não sei', ela disse. 'Eu me levo a sério, esse é o ponto.' 'Que seja esse o ponto. Continue levando você mesma a sério e o deixe fora do assunto de uma vez.'

"Mas ela estava cansada de me ver bancar o tio sábio, e eu, de levá-la a sério. Levava-se tão a sério que, a meu ver, parecia merecer aquilo, bancar a tola para Cuesta. É claro que não o amava em absoluto. Só queria ver se poderia impressioná-lo, fazê-lo render-se à sua vontade. Mas toda a impressão que causava era fazer com que ele a chamasse de lula, polvo e outras coisas gentis. E eu podia ver que o 'amor' dos dois definitivamente não iria adiante.

"'Você fez amor com ela?', perguntei a ele. 'Não toquei no zopilote', disse. 'Odeio aquele pescoço branco nu.'

"Mas ainda ia vê-la: sempre em uma breve visita, antes do pôr do sol. Ela o convidou para jantar comigo. Ele disse que não poderia nunca ir durante o jantar, nem depois, porque estava sempre ocupado das oito da noite em diante. Ela olhou para ele como a dizer que sabia que se tratava de uma mentira e um subterfúgio, mas ele não moveu um fio de cabelo. Era, como ela dizia, absolutamente sem imaginação: um animal impenetrável.

"'No entanto, vá à sua pobre casa na rua Guadalupe', ele exclamou, querendo dizer a casa 'dele'. Tinha dito aquilo de forma insinuante várias vezes.

"'Mas você está sempre ocupado à noite', ela disse.

"'Vá, então, mais tarde, às onze, quando estou livre', disse, com um descaramento abusivo e animalesco, olhando em seus olhos.

"'Você recebe visitas tão tarde?', ela disse, corando de raiva, constrangimento e obstinação.

"'Às vezes', ele disse. 'Quando é muito especial.'

"Alguns dias depois, quando a visitei como de costume, contaram-me que estava doente e não podia receber ninguém. No dia seguinte, ainda não pôde ser vista. Tivera um perigoso colapso nervoso. No terceiro dia, um amigo me telefonou para dizer que Ethel estava morta.

"A coisa foi abafada. Mas sabia-se que tinha se envenenado. Deixou um bilhete para mim, que dizia apenas: 'É como eu te disse. Adeus. Mas meu testamento é válido'.

"No testamento, deixara metade de sua fortuna a Cuesta. Foi feito cerca de dez dias antes de sua morte e autorizado. Ele ficou com o dinheiro..."

A voz de Colmenares arrefeceu até silenciar.

– Seu corpo prevaleceu à sua imaginação, no fim das contas – eu disse.

– Foi pior do que isso – ele disse.

– Como?

Passou um bom tempo antes que respondesse. Então ele disse: – Ela, na verdade, foi à casa de Cuesta naquela noite, cujo acesso era através do mercado Volador. Foi conforme o combinado. E, em seu quarto, ele a entregou a mais de meia dúzia de seus colegas de arena, com ordens de não machucá-la. Ainda assim, no laudo havia alguns machucados profundos e estranhos que os médicos reportaram. Então, aparentemente, a visita à casa de Cuesta veio à luz, mas nenhum detalhe jamais foi contado. Aí, houve outra revolução e, no burburinho, o caso foi deixado de lado. Era muito nebuloso, de qualquer forma. Ethel certamente encorajou Cuesta em seu apartamento.

– Mas como sabe que ele a entregou desse jeito?

– Um dos homens me disse. Foi baleado depois disso.

FESTA DO GANSO

I

Pela escuridão noturna e pela chama das tochas na noite anterior à festa, pela estática neblina da madrugada vindoura vinham nadando os exaustos gansos, levantando os pobres pés que haviam sido mergulhados e calçados no piche e arrastando-os nos paralelepípedos cidade adentro. Por fim, à tarde, uma jovem camponesa conduziu suas doze aves, inconsolável por estar tão atrasada. Era uma garota forte e robusta, loira, de feições comuns, embora desenxabida. Precisava de lapidação, sua forma era bruta. Talvez fosse o cansaço que mantinha suas pálpebras um pouco mais baixas do que o ideal. Quando falava às suas aves desajeitadas e lerdas, era com um grunhido nasalado. Uma das bobinhas sentou-se na sarjeta e se negou a sair do lugar. Parecia bastante ridícula, mas também muito comovente, acocorada lá com a cabeça para cima, negando-se a ser encorajada pelo dedo indelicado da garota. Ela praguejou intensamente, então acolheu a grande ave birrenta e, enfrentando a estrada com obstinação, conduziu as onze coitadas.

Ninguém a havia notado. Naquela tarde, as mulheres não estavam conversando sentadas nas soleiras, emendando meias de algodão ou passando o amontoado de renda branca ligeiramente pelos dedos; e nas casas altas e escuras a canção das máquinas de fiar meias era abafada: "Tchicatchi-bum, tchicatchi-tchicatchi-bum, z-zzz!". Conforme ela se arrastava na subida até Hollow Stone, as pessoas que retornavam da festa zombavam dela e lhe perguntavam as horas. Ela não respondeu, sua expressão era taciturna. O Lace Market estava calmo como o sabá: até mesmo os grandes pratos de bronze nas portas estavam sem graça devido ao desleixo. Parecia uma atmosfera vespertina de puro descontentamento. A garota parou por um instante diante da visão deprimente de um dos grandes armazéns que foram dilacerados pelo fogo. Olhou para os muros finos, ameaçadores, e observou abaixo deles seu bando branco saracoteando com uma imprudente tristeza, e teria gargalhado se o muro caísse bem em cima delas e a livrasse das aves. Mas o muro não caiu, então ela atravessou a estrada e, caminhando com cuidado, correu atrás de sua carga. Sua expressão era ainda mais taciturna. Lembrou-se da lógica comercial – Comércio, o inimigo deplorável; Comércio, que com um golpe de mão fechou as portas das fábricas, tirou os lugares dos tecelões de meias e deixou a trama inacabada na máquina de fiar; Comércio, que misteriosamente sufocou as fontes dos rios da fortuna e, mais negro e escondido do que a peste, matou a cidade de fome. Através dessa atmosfera sombria do mau comércio, na tarde do primeiro dia da festa, a garota avançou, descendo até a avícola com onze gansos barulhentos e um único manco para vender.

Os franceses estavam na raiz disso! Assim todos diziam, embora ninguém de fato soubesse de que jeito. De qualquer forma, entraram em guerra contra os prussianos e perderam, e o comércio em Nottingham estava arruinado!

Uma escassa neblina se erguia e o crepúsculo a envolveu. E eles fulguraram para além das tochas da festa, insultando a noite. A garota ainda estava sentada na avícola, e seus exaustos gansos não vendidos sobre as pedras eram iluminados pela lamparina sibilante de um homem que vendia coelhos, pombos e vários outros animais de criação.

Em outra parte da cidade, perto da igreja Sneinton, outra garota chegou à porta para contemplar a noite. Era alta e esguia, vestida com a rigorosa precisão que distingue uma garota de cultura superior. Seu cabelo estava arrumado com simplicidade em volta do rosto longo, pálido, de traços bem definidos. Inclinou-se muito ligeiramente para a frente a fim de olhar a rua abaixo, à escuta. Ela preservava muito cuidadosamente a aparência de quem chegara bem por acaso até a porta, no entanto insistiu mais e mais e permaneceu bastante quieta para escutar, até que ouviu uma pisada, mas, quando percebeu se tratar só de um homem qualquer, endireitou-se orgulhosa e olhou por cima da cabeça dele com um pequeno sorriso. Ele hesitou em espiar o salão aberto, tão amplamente aclarado por uma luminária de tom escarlate, e a garota magra vestindo seda marrom e erguida diante da luz. Mas ela, ela olhou por cima da cabeça dele. Ele seguiu pelo caminho.

Logo depois ela se agitou e esperou aflita. Alguém atravessava a estrada. Ela desceu correndo os degraus em um belo cumprimento, não efusivo, articulando as palavras de modo ágil, mas preciso:

– Will! Cheguei a pensar que tivesse ido à festa. Saí para ouvi-la. Estava quase certa de que você havia ido. Vai entrar, não é? – Esperou por um instante, ansiosa. – Nós o aguardamos para o jantar, você sabe – completou melancolicamente.

O homem, que tinha um rosto curto e, ao falar, repuxava uma extremidade do lábio para cima, respondeu com um discurso arrastado e de entonação ironicamente exagerada, depois de uma breve hesitação:

– Eu sinto tanto, sinto de verdade, Lois. É uma pena. Preciso ir para a labuta. O homem propõe, o diabo dispõe. – Desviou-se, irônico, para a escuridão.

– Mas francamente, Will! – objetou a garota, profundamente decepcionada.

– Verdade, Lois! Eu mesmo fico revoltado com isso. Mas tenho que descer para o trabalho. Pode estar esquentando um pouco lá embaixo, você sabe – ele balançou a cabeça na direção da festa. – Se os Lambs* se agitarem!... estão aborrecidos com o trabalho e ficariam

---

*   Lambs (cordeiros) era o nome dado a agitadores contratados para causar confusão e violência em manifestações políticas.

bem confortáveis se pudessem jogar um fósforo aceso em alguma coisa...

– Will, nem pense nisso...! – exclamou a garota, pousando a mão no braço de Will, no autêntico clima de romance, e levantando o olhar até ele com seriedade.

– Meu pai não tem certeza – respondeu ele, voltando os olhos para baixo até Lois, dramaticamente. Permaneceram nessa postura por um tempo, então ele disse: – Eu poderia parar um pouco. Não tem problema ficar uma hora, acho.

Ela olhou para ele com seriedade e disse com um tom de profunda decepção e coragem:

– Não, Will, você deve ir. É melhor ir...

– É uma pena! – murmurou ele, esperando um instante, ocioso. Então, espiando rua abaixo para ver se estava sozinho, passou o braço em volta da cintura dela e disse com uma voz dificultosa: – Como vai você?

Ela o deixou tomá-la por um instante, então ele a beijou como se temesse o que fazia. Ambos estavam desconfortáveis.

– Bem...! – ele disse por fim.

– Boa noite! – ela disse, libertando-o para partir.

Ele se manteve junto de Lois por um tempo, como que envergonhado. Então lhe respondeu "boa noite" e partiu. Ela escutou seus passos noite adentro antes de se recompor para entrar.

– Oláá! – disse seu pai, olhando de relance para uns documentos enquanto ela entrava na sala de jantar. – E então?

– Ah, nada – ela respondeu em seu tom calmo. – O Will não virá esta noite para o jantar.

– Por quê, vai para a festa?

– Não.

– Ah! Então, o que deu nele?

Lois olhou para o pai e respondeu:

– Foi para a fábrica. Estão com medo dos trabalhadores.

O pai olhou para ela detidamente.

– Ah, sim! – respondeu, incerto, e sentaram-se para jantar.

Lois recolheu-se bem cedo. Ela tinha uma lareira no quarto. Puxou as cortinas e ficou segurando de lado uma dobra pesada delas, contemplando a noite. Podia ver somente o vazio da neblina; nem mesmo o clarão da festa era aparente, embora o barulho ecoasse um pouco à distância. Na frente de tudo pôde ver sua imagem cansada. Foi até a penteadeira; lá, inclinou o rosto em direção ao espelho e se olhou. Olhou-se por um longo tempo, então se levantou, trocou o vestido por um roupão e pegou o *Sesame and Lilies**.

Tarde da noite, foi tirada de seu sono por um alvoroço na casa. Sentou-se e ouviu passos assustadores de um lado para outro e o som de vozes aflitas. Vestiu o robe e foi até o quarto da mãe. Ao ver sua mãe no topo da escada, disse com sua voz ágil e articulada:

---

* Tratado de John Ruskin (1819-1900) acerca da função social, dos direitos e deveres de homens e mulheres.

– Mãe, o que foi?

– Ah, menina, nem me pergunte! Vá dormir, querida, vá! Com certeza terei preocupação para o resto da vida.

– Mãe, o que foi? – Lois foi incisiva e enfática.

– Espero que seu pai não vá. Agora eu realmente espero que seu pai não vá. Já está resfriado.

– Mãe, me conte, o que foi? – Lois segurou a mãe pelo braço.

– Foi a Selby. Pensei que você tivesse ouvido os bombeiros, e Jack ainda não chegou. Espero que estejamos seguros! – Lois voltou ao seu quarto e se vestiu. Enrolou os cabelos trançados, vestiu uma capa e depois saiu.

Apressou-se para debaixo das árvores que gotejavam neblina até a pior parte da cidade. Quando se aproximou, viu um clarão na neblina e cerrou os lábios com força. Avançou rápido até alcançar a multidão. Com o rosto abatido, imponente, observou o incêndio. Então olhou um tanto ensandecida por cima dos rostos acesos da multidão e, avistando o pai, correu até ele.

– Ah, papai, ele está a salvo? O Will está a salvo...?

– Salvo, é, por que não? Você não tem nada que estar aqui. Ali, ali está o Sampson, ele vai te levar para casa. Já tenho bastante coisa com que me preocupar; o meu próprio negócio está lá para eu ver. Vá para casa agora, não posso fazer nada com você aqui.

– Você viu o Will? – perguntou ela.

– Vá para casa. Sampson, leve a srta. Lois para casa. Agora!

– Você não sabe mesmo onde ele está, pai?

– Vá para casa agora. Não quero você aqui – o pai ordenou peremptoriamente.

As lágrimas brotaram nos olhos de Lois. Olhava para o fogo e elas secavam rapidamente pelo medo. As chamas rugiam e lutavam ao subir. O grande espanto do fogo fê-la esquecer até a indignação pelo pouco-caso que o pai tivera consigo e com seu namorado. Houve um rachar e explodir de madeira, enquanto o primeiro andar caía por completo no abismo fulgurante, espalhando o fogo em todas as direções, para terror da multidão. Ela viu o aço das máquinas virar brasa e retorcer como cartas flamejantes. Parte após parte do pavimento cedeu, e as máquinas despencaram em rubras ruínas enquanto a estrutura de madeira era consumida. O ar ficou irrespirável; a neblina foi engolida: faíscas subiam às pressas como se fossem queimar os negros céus; por vezes rolos de renda rodopiavam até o abismo do céu, acenando com asas de fogo. Era perigoso ficar próximo desse grande cálice de estrondosa destruição.

Sampson, o velho e grisalho gerente da Buxton and Co., levou-a embora assim que ela virou o rosto para ele a fim de ouvi-lo. Era um homem corpulento, irritadiço. Abriu caminho a bruscas cotoveladas através da multidão, e Lois o seguiu, a cabeça erguida, os lábios cerrados. Conduziu-a por certa distância sem lhe falar e, ao fim, incapaz de conter sua irritação e tagarelice, irrompeu:

– O que esperam? O que podem esperar? Não podem suportar uma situação ruim. Despontam como cogumelos, tão grandes como uma casa, mas não há nenhuma estabilidade neles. Lembro-me de William Selby quando ele era meu empregado. Sim, há aqueles que conseguem fazer muito com pouco, e há aqueles que conseguem fazer muito com nada, mas eles descobrem que não irá durar. William Selby despontou em um dia e se extinguirá em uma noite. Não dá para confiar só na sorte. Talvez ele pense que foi um lance de sorte ter acontecido esse incêndio quando as coisas estão pretas. Mas não dá para sair ileso disso tão fácil. Houve muitos como eles. Não, de fato, um incêndio é a última coisa que eu espero encontrar – a última mesmo!

Lois correu mais e mais, deixando o velho gerente arfando de consternação ao subir a escada da casa dela. Não suportava ouvi-lo falar assim. Não encontraram ninguém para abrir a porta por um tempo. Quando Lois finalmente subiu a escada, encontrou a mãe vestida, mas com os botões abertos mais uma vez, recostada na cadeira do quarto da filha, sofrendo de palpitação cardíaca, com o *Sesame and Lilies* esmagado debaixo de si. Lois lhe deu conhaque e suas palavras e seus gestos contundentes ajudaram em grande medida a velha senhora a se restabelecer o suficiente para conseguir retornar ao próprio quarto.

    Então Lois trancou a porta. Olhou de relance para seu rosto escurecido pelo fogo e, tirando o achatado Ruskin da cadeira, sentou e chorou. Após um tempo, acalmou-se, levantou e lavou o rosto. Aí, mais uma vez naquela noite fatídica, aprontou-se para descansar. No entanto, em vez de recolher-se, puxou uma colcha de seda da cama desarrumada e, enrolando-a em volta de si, sentou entristecida para pensar. Eram duas horas da manhã.

IV

O fogo se reduzia a frias cinzas na lareira, e a manhã cinzenta se infiltrava através da cortina semiaberta como algo tímido, quando Lois acordou. Era doloroso movimentar a cabeça: seu pescoço estava tensionado. A garota acordou lembrando-se de tudo. Suspirou, levantou-se e puxou a colcha mais para perto de si. Por um breve instante, ficou sentada e ponderou. Uma lívida e trágica resignação fixou-se em seu rosto como uma máscara. Lembrou-se da resposta irritada do pai sobre a segurança de seu namorado – "Salvo, é, por que não?" Sabia que ele suspeitava de que a fábrica tivesse sido propositalmente incendiada. Mas ele nunca gostara de Will. E ainda assim – ainda assim – o coração de Lois estava pesado como chumbo. Sentia que seu namorado era o culpado. E sentia que precisava manter em segredo a última conversa que tiveram. Imaginou-se sendo interrogada – "Quando você viu esse homem pela última vez?" Mas ela manteria em segredo o que ele dissera sobre vigiar os trabalhos. Quão triste era – e quão pavoroso. Agora a vida dela estava arruinada e nada mais importava. Tinha somente de se portar com dignidade e submeter-se à própria anulação. Porque, mesmo que Will nunca fosse acusado, no fundo ela sabia que ele era o culpado. Sabia que tudo havia acabado entre eles.

Alvorecia em meio à neblina amarela lá fora, e Lois, conforme se movimentava de forma mecânica ao fazer a toalete, sentiu vagamente que todos os seus dias começariam com uma lenta luta contra uma lúgubre neblina. Nessa hora estranha, sentiu um forte anseio de se libertar do cansaço que lhe aprisionava o corpo e adentrar de uma vez no novo e iluminado calor da longínqua alvorada, na qual um amante transfigurado aguardava; é tão fácil e agradável imaginar-se saindo da umidade fria e cinza de mais um amanhecer terrestre direto para os raios de sol da manhã eterna! E quem pode escapar de sua hora? Então, Lois executou a rotina insignificante de sua toalete, que ela ao menos tornou relevante no momento em que escolheu seu vestido preto e atou ao pescoço um broche negro de azeviche.

Depois desceu a escada e encontrou o pai comendo uma costeleta de carneiro. De pronto, aproximou-se e o beijou na testa. Então afastou-se para a outra cabeceira da mesa. Seu pai parecia cansado, até mesmo esgotado.

– Você está adiantada – disse, depois de um instante. Lois não respondeu. O pai continuou a comer por um tempo, aí disse: – Coma uma costeleta – aqui está! Peça um prato quente. Hã, o quê? Por que não?

Lois estava ofendida, mas não deu nenhum indício. Sentou-se e tomou uma xícara de café, sem nenhuma pretensão de comer. O pai estava absorto e a ignorara.

– O Jack ainda não veio para casa – disse ele por fim.

Lois se agitou levemente: – Não veio? – perguntou.

– Não. – Houve um momento de silêncio. Lois estava assustada. Algo também acontecera ao seu irmão? Esse medo era mais palpável e incômodo.

– A Selby foi destruída, dilacerada. Escapamos por um triz...

– Você não teve nenhuma perda, papai?

– Nada importante. – Após outro silêncio, o pai disse: – Não queria ser o William Selby. É claro que pode ser só falta de sorte; ninguém sabe. Mas, de qualquer forma, eu não gostaria de adicionar justo agora mais um incêndio à lista. Selby estava no George quando começou. Não sei onde o rapaz estava!

– Pai – interrompeu Lois –, por que você fala assim? Por que fala como se Will tivesse feito isso? – Silenciou-se de súbito. O pai olhou seu rosto pálido, mudo.

– Não falo como se Will tivesse feito isso – disse. – Nem penso nisso.

Ao sentir que ia chorar, Lois se levantou e saiu da sala. O pai suspirou e, apoiando os cotovelos nos joelhos, assobiou de leve na direção do fogo. Não estava pensando nela.

Lois desceu para a cozinha e pediu a Lucy, a governanta, que saísse com ela. De alguma forma, encolhia-se de medo de ir sozinha, receando que as pessoas a encarassem demais – e sentia um impulso avassalador para ir até a cena da tragédia, para ela mesma avaliar.

As igrejas badalavam as oito e meia quando a jovem e a criada saíram à rua. Perto da festa, homens morenos, de pernas finas, empurravam barris de água até o mercado, e as ciganas, de sobrancelhas rijas e justos espartilhos de veludo, apressavam-se ao longo da calçada com jarras de leite, grandes vasos de bronze com água, pães e sanduíches. As pessoas acabavam de acordar e, nas ruas mais pobres, havia um contínuo salpicar de folhas de chá, lançadas sobre os paralelepípedos. Um bule despencou de uma casa no piso superior, bem atrás de Lois, e, ao dar meia-volta e levantar os olhos, ela pensou que o homem que tremia na janela lá em cima, de olhos embotados pelo álcool e que observava como um parvo seu bule cair, tivera planos para a vida dela; e seguiu seu caminho arrepiada ante a sinistra tragédia da vida.

Na enfadonha manhã de outubro, a fábrica em ruínas estava negra e abominável. As molduras das janelas estavam completamente irregulares e as paredes se erguiam esquálidas. Por dentro, havia um emaranhado de destroços retorcidos, o ferro, vermelho em algumas partes, com uma ferrugem brilhante, parecia ainda quente; a madeira carbonizada era negra e acetinada; das pilhas bagunçadas, encharcadas de água, subia, imprecisa, uma fumaça tênue. Lois parou para olhar. Se ele fez aquilo! Poderia até mesmo estar morto lá, reduzido a cinzas e desaparecido para sempre. Era quase confortável sentir isso. Ele estaria a salvo na eternidade na qual Lois agora precisava acreditar.

Ao seu lado, a bela e simpática criada conversava aos lamentos. De súbito, após um de seus lapsos de silêncio, exclamou:

– Ora, se não é o sr. Jack!

Lois se virou de pronto e viu se aproximarem o irmão e o namorado. Ambos pareciam sujos, desarrumados e abatidos. Will estava com um olho roxo, de provavelmente dez horas antes, muito escuro. Ela ficou muito pálida à medida que eles se aproximavam. Olhavam tristes para a fábrica e, por um instante, não notaram as garotas.

– Dá um beliscão se não é a Lois! – exclamou Jack, o desalmado, entre dentes.

– Ah, Deus! – exclamou o outro com desgosto.

– Jack, por onde esteve? – disse Lois, incisiva, com uma dor intensa e sem olhar para seu amante. Seu incisivo tom de sofrimento levou o namorado a se defender de um jeito exagerado e comicamente irresponsável.

– Em cana – respondeu o irmão, com um sorriso debilitado.

– Jack! – gritou a irmã, bastante incisiva.

– Verdade.

Will Selby arrastou os pés e sorriu, tentando desviar o rosto para ela não ver seu olho roxo. Ela relanceou o olhar para ele. Ele sentiu a imensa fúria e o desprezo dela e, com muita coragem, olhou diretamente para Lois, dando um sorriso irônico. Infelizmente seu sorriso não cobria o olho inchado, que ainda era austero e soturno.

– Estou bonito? – ele a inquiriu com uma odiosa curva de lábio.

– Muito! – ela respondeu.

– Foi o que pensei – ele respondeu. E virou-se para ver o trabalho do pai arruinado e sentiu-se triste e obstinado. A garota lá parada, tão pura e liberta de tudo isso! Ah, Deus, sentiu-se enojado. Virou-se para ir para casa.

Os três foram juntos, Lois em silêncio, furiosa e ressentida. Seu irmão estava cansado e extremamente tenso, mas não inibido. Continuou conversando sem prestar atenção.

– Que farra nós fizemos! Encontramos Bob Osborne e Freddy Mansell descendo para a avícola. Havia uma garota com uns gansos. Parecia uma víbora lá sentada, todos como estátuas, ela e os gansos. Foi o Will quem começou. Ele lhe ofereceu 3 centavos e pediu que ela começasse o espetáculo. Ela o chamou de... chamou de alguma coisa, aí uma pessoa cutucou um ganso velho para agitar as coisas e um deles esguichou em seu olho. O ganso se levantou, grasnou e saiu com o pescoço levantado. Que hilário! Nós quase nos matamos, segurando aquelas aves velhas com esguichos e provocações. Deus me ajude! Aqueles gansos velhos, ah, maravilha, não sabiam para onde ir, praticamente não saíram de seus lugares, indo e vindo até nós, e que desordem – foi divertido, você nem imagina! Então a garota se levantou e nocauteou alguém no maxilar, e estávamos justamente no meio. Bem, no final, o Billy aqui a pegou pela cintura.

– Ah, para com isso! – exclamou Will com aspereza.

Jack olhou para ele, deu uma risada amarga e continuou: – E dissemos que compraríamos as aves. Aí, pegamos um ganso por vez – e posso dizer que eles resistiram um pouco – e fomos dar uma volta na festa, Billy e a garota na frente. Os gansos tristes a grasnar e bicar. Que hilário – pensei que eu fosse morrer. Bem, aí queríamos que a garota aceitasse os gansos de volta – então ela estourou. Alguns rapazes a apoiaram e houve uma confusão de verdade, à moda antiga. Lá, a garota foi com unhas e dentes para cima do Will – estava furiosa. Deu-lhe um golpe no olho, minha nossa, posso dizer que nós brigamos. Foi uma luta livre, uma beleza, e fomos detidos. Não sei o que aconteceu com a garota.

Lois examinou os dois homens. Não havia nenhum vislumbre de sorriso em seu rosto, embora a criada logo atrás risse discretamente. Will estava bastante amargurado. Olhou de relance para a amada e para a fábrica em ruínas.

– Como o papai encarou isso? – ele perguntou, em um tom agressivo, quase humilde.

– Não sei – ela respondeu friamente. – O pai está em péssimo estado. Acho que todos pensam que você incendiou o lugar.

Lois se ergueu. Havia golpeado Will. Ergueu-se em fria condenação e, por um instante, desfrutou de sua completa vingança. Ele era desprezível, abjeto em sua aparência desarrumada, desfigurada, suja.

– É, bem, eles se enganaram desta vez – respondeu, curvando o lábio.

Curiosamente, caminharam lado a lado como se pertencessem um ao outro. Ela era a guardiã da consciência dele. Estava longe de perdoá-lo, mas ainda mais longe de deixá-lo partir. E ele caminhou ao seu lado como um garoto que precisava ser punido antes de poder ser eximido. Ele aceitava. Mas havia um desdém genuinamente amargo na curva de seu lábio.

POSFÁCIO

por Patrícia Freitas

DAVID HERBERT LAWRENCE, UM OPERÁRIO DAS LETRAS

> *Há somente esta Inglaterra, que repugna minha alma, repugna meu espírito e corpo – esta Inglaterra. Alguém também pode tombar dos penhascos aqui, neste forte vento, em direção ao agitado e alvo mar, enquanto toma seu lugar neste banquete de vômito, nesta vida, nesta Inglaterra, nesta Europa.**
>
> D.H. LAWRENCE

D.H. Lawrence é um dos principais escritores ingleses da modernidade, notoriamente conhecido por romances como *Filhos e amantes* (1913), *O arco-íris* (1915), *Mulheres apaixonadas* (1920) e *O amante de Lady Chatterley* (1928). O reconhecimento do trabalho do autor por nomes

---

* D.H. Lawrence. *Complete Poems*. Londres: Penguin, 1977, p. 23.

significativos de uma parcela da crítica literária inglesa pode ser expresso pelo comentário de Frank Raymond Leavis, em 1964: "D.H. Lawrence não só é o último grande escritor; ele é ainda o grande escritor do nosso processo civilizatório".*

De fato, a organização da sociedade inglesa no início do século XX, principalmente na região das Midlands, e seus desdobramentos nas relações interpessoais são temas que movem a produção de Lawrence e perpassam seus inúmeros poemas, contos, peças de teatro e romances. Via de regra, seus escritos observam o processo de industrialização do país integrando o universo proletário como motor de análise social.

A exploração do carvão nas Midlands e o cotidiano dos trabalhadores das minas não deixavam de ser assuntos familiares a Lawrence: nascido em 1885 em Eastwood, região central

---

* F.R. Leavis. *D.H. Lawrence, Novelist.* Londres: Penguin, 1964, p. 9.

da Inglaterra, o autor desde jovem acompanhou a rotina do pai e dos vizinhos proletários, cuja renda provinha da mineração. O pai do autor, Arthur Lawrence, exerceu por praticamente toda a vida o ofício de minerador, e a profissão, de acordo com os escritos autobiográficos de Lawrence, moldou toda a sua experiência como sujeito: "Meu pai foi um minerador e só um minerador. Entrou em uma mina aos 13 anos e fez isso até quase os 70. Conseguia com muita dificuldade escrever poucas palavras em uma carta".*

A mãe, Lydia Lawrence, era operária da indústria de renda e vinha de uma família que havia perdido muitas posses. Herdara o culto à religião protestante, o apreço ao trabalho intelectual e aos livros e o excesso de rigor em relação ao uso da língua inglesa. Sendo assim, o contato do escritor com os clássicos da

---

* D.H. Lawrence. "Which Class I Belong to". In: *D.H. Lawrence: Late Essays and Articles*. Londres: Cambridge, 1994, pp. 35-36.

literatura e com as artes em geral foi, de certa forma, estimulado pela mãe como uma das vias rumo à escalada social.

Detentor de uma saúde frágil, com problemas respiratórios agravados pela poeira do carvão em Eastwood, Lawrence não pôde vislumbrar um futuro como minerador. Porém, destacava-se nos estudos e, aos 12 anos, torna-se o primeiro aluno a ganhar uma bolsa na Nottingham School. Após algum tempo, em 1906, ingressa na Universidade de Nottingham e tem seus primeiros contos publicados em um concurso literário sob o pseudônimo de Jessie Chambers – uma homenagem à namorada homônima que o estimulara a escrever.

Os anos de 1911 e 1912 marcam um ponto de inflexão na vida de Lawrence: além de publicar dois romances que o consagram no meio literário inglês – *O pavão branco* e *The Trespasser* [O invasor, não traduzido no Brasil], o autor faz uma visita ao seu ex-professor universitário Ernest Weekley e se apaixona por Frieda von Richthofen, esposa de Weekly. Pouco meses depois, o casal parte para a Alemanha, país natal de Frieda.

Após uma temporada na Alemanha e Itália, onde Lawrence publica um volume de poemas, o casal retorna à Inglaterra em 1914 e se casa. Seu mais novo romance, *O arco-íris*, sofre duras reprimendas da crítica por seu teor considerado obsceno e pouco patriótico. Numa decisão que perdurou até 1926, o governo britânico condena oficialmente a obra em 1915 e queima os exemplares confiscados. O escritor também foi reprimido e acusado de espionagem durante a Primeira Guerra, sobretudo porque sua esposa era alemã e suas obras teciam críticas explícitas ao belicismo. Assim, viveu por dois longos anos na casa de amigos.

Em 1927, acometido pela tuberculose, o autor parte para a Itália e lá escreve o romance que o consagraria como o escritor de língua inglesa mais polêmico do século xx: *O amante de Lady Chatterley.* A obra, que narra com riqueza de detalhes o envolvimento sexual e amoroso entre um trabalhador e uma aristocrata, foi publicada na Itália no ano seguinte à sua escrita, mas sofreu um rígido banimento nos Estados Unidos e na Inglaterra, países onde a versão original do texto só voltou a circular em 1959 e 1960, respectivamente. Os processos judiciais sobre a obra impulsionaram a popularização tanto do romance como de seu autor, a ponto de o poeta Philip Larkin atestar que "o ato sexual começou / entre o fim do banimento de Chatterley / e o primeiro LP dos Beatles".

Três anos mais tarde, em 2 de março de 1930, Lawrence falece em Vence, França, vítima de tuberculose. À época, a famosa revista literária inglesa *The Criterion*, editada pelo poeta T.S. Eliot, não emitiu uma nota sequer sobre Lawrence. Ao contrário, o periódico publica no mesmo ano da morte do escritor um artigo intitulado "A perversidade de D.H. Lawrence"*, tra-

---

* John Heywood Thomas. "The Perversity of D.H. Lawrence". In: *Criterion*, nº 10, 1930.

tando de pontos controversos e obscenos de sua obra. Por outro lado, o trabalho de Lawrence foi recuperado e analisado por professores de Cambridge nas décadas de 1950 e 1960, como F.R. Leavis e Raymond Williams, inserindo-se no cânone não só inglês, mas mundial.

—

Em algumas produções literárias de D.H. Lawrence, a representação das Midlands e o uso de uma linguagem dialetal, próxima à dos habitantes locais, funcionam como instrumentos para aprofundar as relações entre os gêneros, especialmente as matrimoniais. Lawrence deflagra em parte de seu trabalho a dissolução das relações afetivas entre os casais e o sentimento de frustração das personagens femininas despertado pela consciência do lugar social que ocupam. Em geral, a tensão que envolve o ambiente familiar pauta-se pelo desejo da personagem feminina em obter uma melhor posição social, bem como pela amargura gerada por estar atada a um casamento com um homem humilde, sem grandes pretensões financeiras. E a representação sistemática dessas relações tumultuadas entre os casais torna-se curiosa no momento em que a figura do narrador busca se aproximar das mulheres.

Nesta compilação de sete contos[*], privilegiamos aqueles em que a narrativa assume o ponto de vista feminino, seja ele direto, isto é, por meio da projeção dos conflitos psicológicos da personagem na narrativa, ou indireto, pelo relato de testemunho do narrador sobre o comportamento e ações da protagonista.

A partir destas narrativas, inéditas no Brasil, o leitor entra em contato com as angústias, preocupações e ressentimentos das protagonistas em relação à própria classe a que pertencem (*Fanny e Annie*), bem como à falsa intimidade

---

[*] A tradutora agradece o trabalho minucioso de revisão do professor John Milton, da Universidade de São Paulo.

entre dois corpos promovida pela união matrimonial (*Odor de crisântemos*), à perda de privilégios pela desonra familiar (*O batizado*), à incapacidade de racionalizar os sentimentos (*Nada disso*), ao envolvimento amoroso entre diferentes classes sociais (*Festa do Ganso*), à necessidade de *possuir* o sujeito amado *(Bilhetes, por favor)* e, finalmente, à opressão paterna (*Você me tocou*).

No conto *Festa do Ganso* (1910), ambientado na famosa festa anual de Nottingham, o narrador percorre os dilemas morais de Lois, personagem aristocrática que se envolve amorosamente com Will Serby, membro da classe emergente. Não à toa, o momento histórico delineado na obra é bastante problemático: trata-se do período após a Guerra Franco-Prussiana, em 1870, em que há um forte declínio do comércio inglês e diversas fábricas têxteis em Nottingham são incendiadas por trabalhadores. A partir desse cenário, o leitor tem acesso aos pensamentos e divagações da protagonista, que a todo momento são tomados pela dúvida e pelo sentimento de culpa em relação a Will Serby, uma vez que Lois não sabe ao certo a inclinação ideológica de seu namorado. A anulação da personagem feminina enquanto sujeito detentor de voz e de vontade se dá concomitantemente às descrições de Nottingham como uma cidade em ruínas.

Em *Odor de crisântemos* (1911), obra repleta de referências autobiográficas, temos acesso à jornada de Elizabeth Bates, moradora do vilarejo de Brinsley, rumo à tomada de consciência a respeito da relação corroída que mantivera com seu marido, um rude minerador. Pertencente a uma classe social distante da dos mineradores de Brinsley, Elizabeth se vê cercada por pessoas grosseiras e sem instrução, membros daquela comunidade precarizada pela exploração de carvão de que seu marido fazia parte. A melancolia da personagem, cujos lábios eram "fechados pela desilusão", é, portanto, justificada pelo rancor ao marido, de quem estava mais uma vez grávida. Ao fim do conto, Elizabeth se vê compelida a ganhar consciência de sua passividade e impotência, reafirmando que, mesmo em um tempo de luto, sua "mestra imediata" era a vida.

A mesma resignação encontra lugar em *O batizado* (1912), obra curta que condensa a ação em um só dia na vida dos Rowbotham: o batizado do bebê de Emma, a irmã mais nova. A atmosfera em torno das personagens é intensificada pela presença marcante e furiosa do velho pai das moças. O minerador, cujo corpo já estava marcado pelo peso do trabalho e dos anos, elabora um discurso culpando as filhas pelo pecado que assolou a família. Nesse momento, as personagens femininas mostram-se aniquiladas e esvaziadas pela repressão paterna: "Nunca haviam vivido. A vida ou a vontade dele sempre foram postas à frente delas e as contiveram. Eram somente indivíduos pela metade".

Em *Bilhetes, por favor* (1918), ambientado durante a Primeira Guerra, John Thomas, um inspetor de bondes com forte poder de atração sobre as mulheres, sofre uma brutal repriminda promovida pelas cobradoras do transporte, todas ex-amantes do inspetor. O ato, que coincide com o clímax da história, é organizado pela protagonista Annie, que também havia caído nos encantos do inspetor. Depois de revelar nutrir um "interesse racional" e possessivo por John Thomas, Annie é rejeitada e então dá início à sua estratégia de vingança junto às outras cobradoras. As coisas não saem como planejado e Annie, ao fim da obra, precisa se defrontar com o abismo das relações pessoais e amorosas promovido por um país destroçado pelos efeitos da guerra.

Matilda Rockley, em *Você me tocou* (1920), também é uma personagem oprimida, mas sobretudo pela lógica familiar. Descrita pelo narrador como uma "solteirona" de 32 anos, Matilda e a irmã, Emmie, declinam do matrimônio justamente por nutrir altas exigências em relação a qualquer esposo em potencial. Porém, em certo momento, a protagonista Matilda se vê compelida pelo pai, Ted Rockley, a casar com o próprio irmão adotivo, Hadrian Rockley, sob pena de as duas perderam a fortuna da herança. Munido de uma narração que nos permite adentrar o universo psicológico de Matilda, o conto opera quase uma fotografia dos problemas femininos na sociedade inglesa do início do século xx. Instada a obedecer, Matilda recolhe-se em seu ressentimento e agonia.

Em *Fanny e Annie* (1921), a frustração feminina sobre o lugar de classe também se coloca em primeiro plano. Na verdade, produz seus efeitos já no título da obra: desde o início, o leitor tem acesso aos desejos e inquietações de Fanny, mas em nenhum momento do conto Annie se faz presente. Essa dicotomia entre duas personagens femininas, colocadas em grau similar de importância no título da obra, não deixa de ser significativa.

Fanny é uma mulher de 30 anos que, após ter passado um longo período junto à elite inglesa como governanta, vê-se compelida a voltar à sua cidade de origem e, "se casar com um trabalhador de fundição". O retorno não significava, no entanto, um ato romântico da personagem, mas a aceitação de que o casamento era necessário para uma mulher aos 30 anos.

Fanny tinha consciência de que o casamento era sua sina, mas avançava de modo passivo, aceitando os fatos como uma espécie de condenação ou destino trágico ao qual tinha de se conformar: "Sabia que sua vida seria infeliz. Sabia que o que estava fazendo era fatal. Contudo, era a sua condenação. Tinha de voltar para ele".

Esse processo incompleto de individuação, que revela a fragmentação das mulheres nas obras curtas de Lawrence, chega ao ápice em *Nada disso* (1927). Por uma espécie de narrativa de testemunho de Luis Colmenares, conhecemos a história da norte-americana Ethel Cane e do toureiro mexicano Cuesta. A protagonista é caracterizada como uma mulher destemida, independente e com "personalidade demais para uma senhora". Ethel acreditava que as relações deveriam ser construídas por um viés objetivo, racional, distante do abismo sentimental estimado pelos amantes. Aí estaria a vitória da mulher sobre o homem, o controle, por fim. Mas, se na Europa Ethel atraía inúmeros amantes, durante sua estada em um México pós-revolução, os homens "não lhe deram atenção alguma".

A relação conflituosa entre Ethel e o toureiro mexicano engendra o desfecho trágico contado por Colmenares e estabelece um ponto de tensão interessante: ao mesmo tempo que a obra trabalha os embates de gênero, ela anuncia a própria falha em imprimir expressividade à protagonista, uma vez que concentra o poder de voz a dois personagens masculinos.

Percebe-se que a principal crítica do autor em tais obras girava em torno do abismo social que separava as mulheres dos homens. E uma das formas de demonstrar os efeitos devastadores do que parecia ser imutável ou, até mesmo, de uma "condição feminina", deu-se pela caracterização de mulheres frustradas e desiludidas em relação ao ideal de indivíduo autônomo, que lutam contra sua impotência para transformar a situação em que vivem. Em conjunto, mulheres compulsoriamente silenciadas, cuja possibilidade de representação na literatura inglesa não deixou de levar novos ventos a uma Inglaterra pós-guerra ainda em pedaços.

PATRÍCIA FREITAS é mestre em Artes e doutoranda em Estudos Linguísticos e Literários em Inglês pela Faculdade de Filosofia, Letras e Ciências Humanas da Universidade de São Paulo.

© Editora Carambaia, 2020.

PREPARAÇÃO Fábio Bonillo
REVISÃO Ricardo Jensen de Oliveira
PROJETO GRÁFICO Tereza Bettinardi

DIRETOR EDITORIAL Fabiano Curi
EDITORA-CHEFE Graziella Beting
EDITORA Ana Lima Cecilio
EDITORA DE ARTE Laura Lotufo
ASSISTENTE EDITORIAL Kaio Cassio
PRODUTORA GRÁFICA Lilia Góes
GERENTE ADMINISTRATIVA Lilian Périgo
COORDENADORA DE MARKETING E COMERCIAL Renata Minami
COORDENADORA DE COMUNICAÇÃO E IMPRENSA Clara Dias
AUXILIAR DE EXPEDIÇÃO Nelson Figueiredo

Editora Carambaia
Av. São Luís, 86, cj. 182
01046-000 São Paulo SP
contato@carambaia.com.br
www.carambaia.com.br

TÍTULOS ORIGINAIS *Goose Fair* (1910), *Odour of Chrysanthemus* (1911), *The Christening* (1912), *Tickets, Please* (1918), *You Touched Me* (1920), *Fanny and Annie* (1921), *None of That* (1927).

CIP-BRASIL. CATALOGAÇÃO NA PUBLICAÇÃO
SINDICATO NACIONAL DOS EDITORES DE LIVROS, RJ

L447m
Lawrence, D.H. (David Herbert), 1885-1930
As mulheres contam / D.H. Lawrence;
tradução, seleção e posfácio Patrícia Freitas.
1. ed. – São Paulo: Carambaia, 2020.
288 p.; 16 cm.

ISBN 978-85-69002-72-7

1. Contos ingleses. I. Freitas, Patrícia. II. Título.

19-61907   CDD: 823   CDU: 82-34(410.1)
Meri Gleice Rodrigues de Souza
Bibliotecária – CRB-7/6439

O projeto gráfico deste livro buscou aproximar-se
do recorte editorial dado à obra de D.H. Lawrence.
Apesar de não serem textos propriamente feministas,
os contos reunidos neste volume têm a mulher,
ou a condição feminina, como figura central. Escritos
nas primeiras décadas do século XX, e situados na
Inglaterra, eles revelam a urgência das lutas feministas.
Para representá-los, foi escolhida uma tipografia
que, por suas características, remete à usada nos
cartazes do movimento sufragista inglês, que ocorria
na mesma época. Trata-se da fonte Druk, de Berton
Hasebe, utilizada nos títulos. No texto, usou-se a
Abril Text, de Veronika Burian e José Scaglione.
O livro foi impresso em papel Munken Print Cream
80 g/m² pela gráfica Ipsis em janeiro de 2020.

Este exemplar é o de número

de uma tiragem de 1.000 cópias